"माहीमीत: आध्यात्मिक-दर्शन का शिखर-संस्पर्श

डॉ अंकुर गुप्ता 'रूहसाफ़िर' का ग्रंथ 'माहीमीत', कविता के स्वरूप में अनुभव और चिंतन का अनोखा दिव्य भाव है। यह किसी विशेष व्यक्ति अथवा पात्र को संबोधित न होकर, जगत को संबोधित है। प्रेम के चिरंतन-पक्ष को अभिव्यक्ति का मूल-भाव बनाया गया है। इसे पढ़ते हुए, आरंभ में इसके एक कविता-संकलन होने का भ्रम हो सकता है, परंतु काव्य की संरचना के मर्म में जाने पर ज्ञात होता है कि असल में हम प्रेम के, अध्यात्म के दार्शनिक पक्ष से क्रमशः रू-ब-रू हो रहे हैं।

प्रस्तावना में चिंतक डॉ अंकुर गुप्ता 'रूहसाफ़िर' ने राधा रानी के प्रति आभार व्यक्त कर, निर्गुण को सगुण कर दिया है और इसलिये आगे की रचनात्मकता के प्रति एक पूर्वाग्रह बन जाता है, पर वह टूटता भी है, क्योंकि कविता हमें उससे भी आगे ले जाती है। हमें प्रेम के निराकार में पहुंचाती है। प्रेम के आकाश-तत्व से परिचित कराती है। पर फिर प्रेम के विविध चरणों का विश्लेषण करते हुए, उसे लौकिक जगत से जोड़ती भी है। अलौकिक को लौकिक और लौकिक को अलौकिक में ले जाने की दार्शनिक-क्रीड़ा से होकर ही हम रचना की यात्रा संपन्न करते हैं और अंततः इस सुखद अहसास का अनुभव करते हैं कि प्रेम को हम जैसा और जितना जानते थे, उसे हम उससे कहीं ज़्यादा जान सके हैं और उसके अदृश्य पक्ष से भी हमने पहचान बना ली है।

इस रचना के माध्यम से कविता और विचार को एक नये ढांचे में प्रस्तुत करते हुए रचनाकार ने अपने अंदर की अपरिमित संभावनाओं के प्रति हमें और भी ज़्यादा उत्सुक बना दिया है।

सद्भावनाएं।"

*राजेन्द्र चन्द्रकान्त राय* (सुप्रसिद्ध कथाकार)

AF646978

“Dr Ankur Gupta - Kahan kahan se itne khoobsurat topics, shabd, lines likhte hain aur sone pe suhaga hai unka narration/rendering/reciting ka style. Since the day I heard him for the first time on my show “Samaroh”, I have become his fan.
I love the depth with which he writes and his passion that takes the form of such beautiful poetry that touches everyone, every single time he recites his work.
Dr Ankur, kisi bhi topic par, baat par, discussion par ya situation par on the spot poetry likh sakte hain. He is amazing and I would say that he is a doctor of poetry whose words can heal and inspire people.
All the very best and looking forward to reading your book ‘Mahimeet’.”

*Renita S Kapoor* (Actor- TV and Films, Writer)

“डॉ. अंकुर गुप्ता "रुहसाफिर" जी का 'माहीमीत' कविता संग्रह हमें प्यार की लंबी यात्रा पर ले जाता है। इस यात्रा में प्यार की विविध विधाओं से हमारा परिचय होता है। कविता के इस प्रवाह में कभी हमारी 'चाहत' बढ़ती है तो कभी हम 'मायूस' हो जाते हैं। प्रेम का एक रूप 'समर्पण' है, इसका आभास होता है।
'इस यात्रा में संग चलो अब तुमको तुमसे मिलवाऊँगा, करने लगोगी प्रेम स्वयं से दर्पण ऐसा दिखलाऊँगा इन पंक्तियों से कविता का उदात्त हेतु पाठकों को तत्त्वचिन्तन की तरफ ले जाता है। 'माहीमीत' पढ़ना एक आनंददाई अनुभूति है।
मैं डॉ. अंकुर गुप्ता "रुहसाफिर" जी का ह्रदय से अभिनंदन करती हूं।”

*डॉ. आसावरी बापट* (निदेशिका, स्वामी विवेकानंद सांस्कृतिक केंद्र, भारतीय दूतावास, यांगौ, म्यानमार)

"Dr Ankur is an acknowledged expert in the field of antibiotics and their appropriate use in the management of life-threatening infections. The poems in this book reveal another pleasantly surprising and sensitive dimension to his personality. Perceptions, reflections and desires make us what we are and this book refreshingly shows that good science rests on a bedrock of emotions and feelings. I am glad that Ankur has shared that part of his self with us."

*Dr Adarsh Chaudhary* (India's leading Gastro surgeon, Medanta, The Medicity- Gurgaon)

"Dr Ankur Gupta, "Ruhsafir", has been instrumental in spiritually awakening me during my love journey. His words are authentic and relevant to modern times and touch the deepest roots of every heart and soul. I have been a follower of his work ever since his poetry skills came to my knowledge. 'Mahimeet' is a must read, wishing him all the very best."

*Prateek Chandok* (Friend & well-wisher, Chartered Accountant and a Banker by profession, Singapore)

"रूह को शब्दों में पिरोने वाले, प्रेम की गहराइयों को समझने वाले संवेदनशील कवि, अंकुर गुप्ता की एक खूबसूरत कृति है 'माहीमीत'।"

*दिनेश रहेजा* (लेखक एवं प्रसिद्ध फ़िल्म समीक्षक)

# माहीमीत

# mahimeet

Dr. Ankur Gupta "Ruhsafir"

# माहीमीत

# mahimeet

Dr. Ankur Gupta "Ruhsafir"

Wordly Wise Publishers

**Shishir Sharma**

A renowned theatre, tv and film actor famous for his memorable roles, masterful diction and captivating personality.

## Foreword

I first met Dr Ankur Gupta on an online event called "Samaroh". The primary aim to start Samaroh was to bring all art forms on one platform and that's where I befriended him.

When he first started reciting his poetry, we were all taken aback not because he wrote so well but had a couplet or two to rattle off totally impromptu which is what got me hooked onto his writings.

Dr Gupta has been writing for many years and he discovered his writing skills very early in life inspite of being in a profession which does not allow you to divert your attention. His understanding of the words, his diction when it comes to recitation, his explanation while reciting his poetry brings about that charismatic feel and you don't want it to end.

His imagination on love, whether it be a festival, a celebration, or even a sad moment, he has it all in his repertoire.

Ankur Gupta's mastery over the language is unmatched. He has mastered the art of story telling through his poems that it becomes difficult not to pay attention to the way he recites. I have always admired a performer in any art form which brings out the inner passion.

Ankur Gupta is known by his pen name as "RuhSafir"and with this collection of poems titled "Mahimeet", he has finally ventured into saying his stories through his poems.

I asked him, why me to write this foreword?

His reply was straightforward.

"Saamnewale ki kshamta bhi toh honi chahiye parakhne ki, samajhne ki"

I had a constant smile on my face, he put his hand forward and said 'yeh dosti ka haath hai'. This was the beginning of a friendship that will last for years to come.

Let me tell you, to pen a few lines on love is probably the most difficult yet the most satisfying part of a writer's journey.

He writes with immense ease on a topic that most would think is easy to write on "Love". To understand love, one doesn't need to fall in love but understand the deeper meaning between two individuals. Love could be in many forms. You may secretly love some one, you may quarrel with your partner but still love that person, you may fantasise about someone, you may want to be by yourself, love yourself because I think that's an extremely important aspect in anyone's life. He has a flair and is gifted in putting his thoughts of love very beautifully which you will experience while reading the book.

I am more than honoured to write this little foreword for a writer whom I truly admire for his sheer brilliance and imagination. I am absolutely certain that once this book is out, it definitely will create a flutter.

Lastly, I would like to sum it up with a quote from Munshi Premchand.

"Likhte toh woh log hain jinke andar kuchh dard hai, anurag hai, lagan hai aur vichar hai."

Here's wishing you all the very best, dear "RuhSafir".

Best Regards

Shishir Sharma

Published by

**Wordly Wise Publishers**

39-A, JMD Building, Rajpur Khurd,

Chattarpur, New Delhi 110068

Phone: +91-98363 25999

www.wordlywise.co.in



First Published in 2021



ISBN: 978-81-953301-0-2

"प्रीत ने प्रेम से वादा कर दिया
बिरहा की पीड़ को आधा कर दिया
आस की जोगन रास खेलती है
मीरा को छुआ तो राधा कर दिया"

"Preet ne prem se vada kar diya
Birha ki peed ko aadha kar diya
Aas ki jogan raas khelti hai
Meera ko chhua to radha kar diya"

# समर्पित

ये किताब प्रेमी की छवि में रोशन प्रेम के उत्सव को समर्पित है

*"तुम प्रगाढ़ प्रेम प्रवाहित हो*

*तुम प्रबल प्रणय प्रभाव लिए*

*तुम प्रफुल्ल प्रस्फुटित प्रसून हो*

*तुम प्रतिदिन प्रभु प्रसाद लिए*

*तुम प्रखर प्रवक्ता प्रमाणिकता की*

*तुम प्रांजल प्रेरित प्रतिनिधि हो*

*तुम प्रत्यक्ष प्रमाण प्रणेता हो*

*तुम प्राण प्रतिष्ठित प्राचीन प्रज्ञा*

*तुम प्रकृति प्रदत्त प्रसन्न हो*

*तुम प्रभात प्रकाश प्रेरणादायक*

*प्रिय, तुम्हारी प्रतिभा को प्रणाम हो !"*

## Dedication

Ye kitaab premi ki chhavi mein roshan prem ke utsav ko samarpit hai

*(This book is dedicated to celebration of love reflected in beloved's glow)*

"Tum pragaadh prem pravahit ho
*(Deep soulful love is your floating force)*
Tum prabal pranay prabhav liye
*(Unhindered affection is the primary emotion you exude)*
Tum prafful prasfutit prasoon ho
*(You bloom like an exuberant spring flower)*
Tum pratidin prabhu prasad liye
*(You are an everyday blessing from the almighty)*
Tum prakhar pravakta pramanikta ki
*(You are an erudite spokesperson for righteousness and fairness for all)*
Tum praanjal prerit pratinidhi ho
*(You represent dignity, honesty and softness)*
Tum pratyaksh pramaan praneta ho
*(You believe in originality and living by example)*
Tum praan pratishthit pracheen pragya
*(You are an embodiment of ancient wisdom)*
Tum prakriti pradatt prasann ho
*(You are blessed by nature to stay joyful)*
Tum prabhat prakash prernadayak
*(You are inspiring like first rays of morning sun)*
Priyc, tumhari pratibha ko pranaam ho"
*(Dear, I bow down in reverence to your brilliance)*

## आभार

- राधा रानी, जो ना सिर्फ़ श्रीहरि की शक्ति हैं बल्कि स्वयं प्रेम स्वरूपा हैं- उनकी कृपा के बिना प्रेम पर किताब तो दूर प्रेम को महसूस करना भी नामुमकिन है- इसलिए सबसे पहला आभार और नमन राधा जी को।
- मेरे आराध्य भगवान कृष्ण जो प्रेम के साथ साथ सत् चित आनंद की प्रतिमूर्ति हैं उनके चरणों में शीश झुकाता हूँ।
- और फिर राधा-कृष्ण की युगल मूर्ति को नमन करता हूँ जो मेरे प्रेम, मेरी कलम और जीवन का आधार हैं।
- आभारी हूँ अपने माता- पिता का जो दूर रहते हुए भी अपनी ठंडी छाँव से मुझे नवाज़ते रहते हैं।
- पत्नी, वसुधा का तहेदिल से शुक्रिया जिन्होंने मुझे अपार सहयोग दिया और अपनी समझ, समय और सटीक राय देकर इस किताब को बेहतर बनाने में महत्वपूर्ण योगदान दिया।
- आभार बिटिया भानुजा का, जिसने मुझे प्यार के एक बहुत ही पवित्र और सदाबहार रूप के दर्शन कराए और जिसकी आँखों की चमक मेरी राहों का उजाला है।
- मेरी मित्र, कंचन का विशेष आभार जिसने पूरे अपनेपन और निस्वार्थ भाव से किताब के हर पन्ने की समीक्षा की और मुझे और बड़ा और बेहतर सोचने के लिए प्रेरित किया।
- मेरी बहन, महक का बहुत धन्यवाद करता हूँ जो हमेशा खुले दिल से मेरे लिए दुआ करती हैं।
- इसके साथ साथ मेरे पूरे परिवार और सभी मित्रों को आभार।
- अंत में सिंगापुर की मिट्टी को भी माथे से लगाते हुए हाथ जोड़ता हूँ, इस धरती पर आकर ही मेरा मुसाफ़िर से रूहसाफ़िर तक जाने का सफ़र शुरू हुआ।

## Aabhaar

- Radha rani, jo na sirf shrihari ki shakti hain balki swayam prem swaroopa hain-unki kripa ke bina prem par kitaab to door prem ko mehsoos karna bhi namumkin hai-isliye sabse pehle aabhaar aur naman Radhaji ko.
- Mere aaradhya bhagwan Krishna jo prem ke saath saath sat-chit-anand ki pratimoorti hain unke charno mein sheesh jhukata hoon.
- Aur phir radha-krishna ki yugal moorti ko naman karta hoon jo mere prem, meri kalam aur jeevan ka adhaar hain.
- Abhaari hoon apne maata-pita ka jo door rehte hue bhi apni thandi chhanv se mujhe nawazte rehte hain.
- Patni, Vasudha ka tahe-dil se shukriya jinhone mujhe apaar sehyog diya aur apni samajh, samay aur sateek raye dekar is kitaab ko behtar banane mein mahatvpoorn yogdan diya.
- Abhaar bitiya Bhanuja ka, jisne mujhe pyar ke ek bahut hi pavitr aur sadabahaar roop ke darshan karaye aur jiski aankhon ki chamak meri rahon ka ujala hai.
- Meri mitr, Kanchan ka vishesh abhaar jinhone poore apnepan aur nisvaarth bhaav se kitaab ke har panne ki sameeksha ki aur mujhe bada aur behtar sochne ke liye prerit kiya.
- Meri behen, Mehak ka bahut dhanyavad karta hoon jo hamesha khule dil se mere liye dua karti hain.
- Iske saath mere poore parivaar aur sabhi mitron ko aabhaar.
- Anth mein Singapore ki mitti ko bhi maathe se lagate hue haath jodta hoon. Is dharti par aakar hi mera musafir se ruhsafir tak jane ka safar shuru hua.

# प्रस्तावना

लिखना इसलिए शुरू किया कि ये कहानी मेरे बहुत क़रीब है, मुझे कहनी है, फिर कहते-कहते एहसास हुआ कि ये कहानी सिर्फ़ मेरी नहीं बल्कि उन सबकी है जिन्होंने ज़िंदगी के तमाम रंगों को प्यार के रंगो में, प्रेम रस के ज़रिए महसूस किया है। वैसे सोचें तो जीवन की सारी भावनाओं और संवेदनाओं को नौ रसों में बांध सकते हैं।

कहने को तो प्रेम इन नौ रसों में से सिर्फ़ एक रस है लेकिन सोचें तो लगता है इस प्रेम रस से गुज़रते हुए हम सभी रसों का स्वाद ले लेते हैं, सब रंगों में रंग सकते हैं। प्रेम ही तो जीवन है। तो क्या इस जीवन को जीने का सबसे बेहतरीन तरीक़ा ये नहीं कि हमें जो भी सीखना है, जैसे भी जीना है सब प्रेम से सीखें। प्रेम से बड़ा ना तो कोई गुरु है और ना कोई विज्ञान।

प्यार/ प्रेम/ इश्क़/मोहब्बत/उल्फत अलग नाम और शायद सबके लिए इनके मायने भी अलग हैं। मेरी इस गीतों, ग़ज़लों और कविताओं की कहानी का नायक है वो प्यार जो आपको मुसाफ़िर से रूहसाफ़िर बना दे। ज़िंदगी के सफ़र में मुसाफ़िर तो हम सब हैं लेकिन रूहसाफ़िर तब होते हैं जब हमारी पहचान अपनी रूह के रूप से होने लगती है।

लेकिन इस नयी पहचान ओढ़ने के लिए अपनी रूह को देखना, महसूस करना, उसको मिलना ज़रूरी है।

और ये कुछ इस तरह से हो सकता है...

1. या तो किसी के प्यार में आप ऐसा डूब जायें कि आपको अपनी रूह उनकी आँखों में दिखने लगे, अगर ऐसा हो तो मान लीजिए कि वो शख़्स आपकी रूह का ही दूसरा हिस्सा है, आपका रूहमीत है और आपकी ज़िंदगी में प्रेम के रास्ते आपको अगले पड़ाव तक पहुँचाने आया है या अगर आप ख़ुशक़िस्मत हैं तो आख़िरी मंज़िल तक आपका साथ निभाएगा। आपको प्रेम के रास्ते परमात्मा से अपनी निकटता का एहसास कराएगा।

2. या फिर आपका प्रेमी, गुरु या मीत आपकी प्रतिभा को कुछ ऐसा जगाए कि आप अपने अंदर की रोशनी से ही चमकने लगते हैं। ये रास्ता है निज प्रेम, स्वयं की खोज और अपनी आत्मा के असली मक़सद को पहचानने का। इस रास्ते पर आप स्वयं ही अपने पूरक हैं, आपके सफ़र का साथी आपकी अपनी रूह की छवि है, उसकी आवाज़ है।

# Prastavna

Likhna isliye shuru kiya ki ye kahani mere bahut kareeb hai, mujhe kehni hai, phir kehte kehte ehsaas hua ki ye kahani sirf meri nahi balki un sabki hai jinhone zindagi ke tamaam rango ko pyar ke rango mein, prem ras ke zariye mehsoos kiya hai. Vaise soche to jeevan ki sari bhavnayo aur samvednayo ko nau raso mein bandh sakte hain.

Kehne ko to prem in nau raso mein se sirf ek ras hai lekin soche to lagta hai is prem ras se guzarte hue hum sabhi raso ka swad le lete hain, sab rango mein rang sakte hain. Prem hi to jeevan hai. To kya is jeevan ko jeene ka sabse behtareen tareeka ye nahi ki humein jo bhi seekhna hai, jaise bhi jeena hai sab prem se seekhein. Prem se bada na to koi guru hai aur na koi vigyaan.

Pyar/prem/ishq/mohabbat/ulfat alag naam aur shayad sabke liye inke mayne bhi alag hain. Meri in geeton, ghazlon aur kavitaon ki kahani ka nayak hai wo pyar jo aapko musafir se ruhsafir bana de. Zindagi ke safar mein musafir to hum sab hain lekin ruhsafir tab hote hain jab hamari pehchan apni ruh ke roop se hone lagti hai. Lekin is nayi pehchan odhne ke liye apni ruh ko dekhna, mehsoos karna, usko milna zaroori hai, aur ye kuchh is tarah se ho sakta hai…

1. Ya to kisi ke pyar mein aap aisa doob jayein ki aapko apni rooh unki aankhon mein dikhne lage, agar aisa ho to maan lijiye ki wo shakhs aapki rooh ka hi doosra hissa hai, aapka ruhmeet hai, aur aapki zindagi mein prem ke raste aapko agle padav tak pahunchane aaya hai ya agar aap khushkismat hain to aakhri manzil tak aapka saath nibhayega. Aapko prem ke raste parmatma se nikat hone ka ehsaas karayega.

2. Ya phir aapka premi, guru ya meet aapki pratibha ko kuchh aisa jagaye ki aap apne andar ki roshni se hi chamakne lagte hain. Ye rasta hai nij prem, swayam ki khoj aur apni aatma ke asli maksad ko pehchanne ka. Is raste par aap swayam hi apne poorak hain, aapke safar ka sathi aapki apni ruh ki chhavi hai, uski awaaz hai.

3. और या कि आपकी धुन, आपकी लगन उस परमात्मा के प्रेम में ऐसी लीन हो जाए कि लगे मेरी आत्मा उस परमात्मा का ही अंश है, ऐसा होने पर भी हमारी रूह ऐसे पाक, साफ़ होकर अपने वास्तविक प्रियतम परमात्मा से वापिस ना लौटने वाले रास्ते पर चल पड़ती है।

अगर आपने इनमे से किसी भी भाव को महसूस किया है या जीया है या फिर जीना चाहते हैं, तो ये किताब, ये कहानी मैं नहीं, आप कह रहे हैं।

आईए चलें एक सफ़र पर, एक ऐसा सफ़र जो बना है प्रेम पथ पर, जो सजा है विश्वास मार्ग पर और जो रोशन हुआ है आपकी रोशनी में।

माही मीत यानी वो जिसमें प्रेमी और सखा दोनों की भावना महसूस हो! ये दोनों एहसास जब एक ही शख़्स में मिल जाएँ तो सबसे पाक और पूरक नाता बन जाता है

तो माहीमीत संग ये प्रेम रस की यात्रा शुरू करते हैं।

गंगा हरिद्वार से हावड़ा तक एक ही है लेकिन हर शहर, हर घाट पर अलग लगती है। इसी तरह ये कहानी भी एक प्रेम, एक जीवन की ही तो है लेकिन हर पड़ाव, हर मोड़, हर घड़ी अलग लगती है।

मेरा प्रयास है आप इस सफ़र में मेरी कविताओं, छंदों, ग़ज़लों और गीतों के झरोखे से प्यार का हर रूप, रंग, रस और धार महसूस करेंगे। एक बड़े एहसास के पीछे छिपे कितने छोटे-छोटे ख़याल, सवाल और जद्दोजहद को लफ़्ज़ों में लपेट कर काग़ज़ पर उतार रहा हूँ।

एक झलक पेश कर रहा हूँ इस किताब के अन्दाज़ की। हर रंग, हर दौर की भूमिका बताऊँगा और फिर उससे जुड़ी शायरी उस रंग या रस के सारे पहलुओं को ब्यां करेगी।

1. इस रास्ते पर सबसे पहले आपकी मुलाक़ात होगी **कशिश** से। ये सबसे मनमोहक पड़ाव है, ये प्यार का जनक है, ये दिल की धड़कन है। मन तो कहता है काश ये पड़ाव ही आख़री मंज़िल हो।

*"जैसे उफनती नदी पर दरवाज़ा नहीं लगता*
*उस हसीं को अपने अन्दाज़ का अंदाज़ा नहीं लगता"*

2. फिर आप मिलेंगे **चाहत** से। चाहत, कशिश की संतान है। ये बस किसी का होना और उसे अपनाना जानती है, इसे किसी नियम, रीत या रिवाज़ में नहीं बांधा जा सकता।

3. Aur ya ki aapki dhun, aapki lagan uss parmatma ke prem mein aisi leen ho jaye ki lage maano meri aatma uss parmatma ka hi ansh hai, aisa hone par bhi hamari ruh aise paak, saaf hokar apne vastvik priytam parmatma se vapis na lautne wale raste par chal padti hai.

Agar aapne inme se kisi bhi bhav ko mehsoos kiya hai ya jiya hai ya phir jeena chahte hain, to ye kitaab, ye kahani main nahi, aap keh rahe hain. Aaiye chalein ek safar par, ek aisa safar jo bana hai prem path par, jo saja hai vishwas marg par aur jo roshan hua hai aapki apni roshni mein.

Mahimeet, yani wo jisme premi aur sakha dono ki bhavna mehsoos ho. Ye dono ehsaas ek hi shakhs mein mil jayein to sabse paak aur poorak naata ban jata hai. To mahimeet sang ye prem ras ki yatra shuru karte hain.

Ganga Haridwar se Hawra take ek hi hai lekin har shehar, har ghaat par alag lagti hai. Isi tarah ye kahani bhi ek prem, ek jeevan ki hi to hai lekin har padav, har mod, har ghadi alag lagti hai.

Mera prayas hai aap is safar mein meri kavitaon, chhando, ghazlon, nazmo aur geeton ke jharokhe se pyar ka har roop, rang, ras aur dhaar mehsoos karenge. Ek bade ehsaas ke peechhe chhipe kitne chhote-chhote khayal, sawal aur jaddojehad ko lafzon mein lapet kar kagaz par utaar raha hoon.

Ek jhalak pesh kar raha hoon is kitaab ke andaaz ki. Har rang, har daur ki bhoomika bataunga aur phir usse judi shayri uss rang ya uss ras ke sare pehluon ko bayan karegi.

1. Is raaste par sabse pehle aapki mulakat hogi **kashish** se. Ye sabse manmohak padav hai. Ye pyar ka janak hai, ye dil ki dhadkan hai. Mann to kehta hai kaash ye padav hi aakhri manzil ho.

*"Jaise ufanti nadi par darwaza nahi lagta*
*Uss haseen ko apne andaz ka andaza nahi lagta"*

2. Phir aap milenge **chahat** se. Chahat kashish ki santaan hai, ye bas kisi ka hona aur usko apnana jaanti hai. Ise kisi niyam, reet, riwaaz mein nahi bandha jaa sakta.

*"देखो मेरी मदमस्त चाल, ये कमर में लचक- तुम हो*
*है आई पाक मोहब्बत से नस-नस में धड़क- तुम हो*
*मेरी हर अदा की रौनक़ मेरे चेहरे की चमक- तुम हो*
*रूह के नाचने से दिल पर पड़ती जो धमक- तुम हो"*

3. **उम्मीद** या आरज़ू चाहत का ईंधन है। ये वो रोशनदान है जो ना कभी आँखों में और ना दिल में अंधेरा होने देता है।

*"बारिशों में पंख फड़फड़ाना ही इम्तिहान है*
*दिलदार परिंदे यही कामयाबी का निशान है*
*ये रास्ते ये दौड़ मंज़िलों की दुनिया के वास्ते*
*तेरी अपनी उड़ान है तेरा अपना आसमान है"*

4. चलते-चलते आएगी **बिरहा** और इंतज़ार. आप पहली बार महसूस करेंगे मीठा दर्द कैसा होता है, ये छटपटाता है, घबराता है। वक्त इसका सबसे बड़ा दुश्मन है और आंसू सबसे बड़े दोस्त।

*"खुली तुरपाइयाँ सब्र की इक बार सिल जाओ*
*पतझर ना रहे पूरा साल इक बार खिल जाओ*
*रूह तो हमारी सुकूँ में ही है एक साथ हमेशा*
*इस पुतले में जान आए इक बार मिल जाओ"*

5. बिरहा हद से ज़्यादा बढ़ जाए तो आती है **मायूसी**, नाउम्मीदी। भरी दोपहर में रात की कालिख दिखती है, ये वो धुँध है जिसमें अपना आप भी दिखाई नहीं देता।

*"हवाओं ने आख़िर कहाँ लाकर उतारा है*
*तुम्हारी गली में आगे मोड़ का इशारा है*
*परिंदे लौट ही जाते हैं शाम को अपने घर*
*फिर याद रहे ना रहे दिन कहाँ गुज़ारा है"*

6. उदासी और निराशा सिखाती है **ज़िंदगी का सच** और दिखाती है रिश्तों की सच्चाई। इस दौर में सीखे गए सबक़ ताउम्र साथ देते हैं। यहाँ ख़ता खाने के बाद आप ना दोबारा ख़ता खाने से घबराते हैं और ना ख़ता खाते हैं।

*"समंदर के सीने में कितनी आग रहे*
*किनारे आते-आते सिर्फ़ झाग रहे*
*दुनिया तमाशा है संजीदा ना होना*
*मज़ा है जब तमाशाई सा बैराग रहे"*

*"Dekho meri madmast chaal, ye kamar mein lachak- tum ho*
*hai aai paak mohabbat se nas-nas mein dhadak- tum ho*
*meri har adaa ki raunak mere chehre ki chamak- tum ho*
*ruh ke nachne se dil par padti dhamak- tum ho"*

3. **Umeed** ya aarzoo chahat ka eendhan hai. Ye wo roshandan hai jo na kabhi aankho mein aur na dil mein andhera hone deta hai.

*"Barishon mein pankh fadfadana hi imtihaan hai*
*dildaar parinde yahi kamyabi ka nishaan hai*
*ye raaste ye daud manzilon ki duniya ke vaaste*
*teri apni udaan hai tera apna aasmaan hai"*

4. Chalte-chalte aayegi **Birha** aur intezaar. Aap pehli baar mehsoos karenge meetha dard kaisa hota hai. Ye chhatpatata hai, ghabrata hai. Waqt iska sabse bada dushman aur aansoo sabse bade dost hain.

*"Khuli turpaiyan sabr ki ik baar sil jao*
*patjhar na rahe poora saal ik baar khil jao*
*ruh to hamari sukoon mein hai ek saath hamesha*
*iss putle mein bhi jaan aaye ik baar mil jao"*

5. Birha hadd se badh jaye to aati hai **Mayoosi**, na-ummeedi. Bhari dopahar mein raat ki kalikh dikhti hai. Ye wo dhund hai jisme apna aap bhi dikhai nahi deta.

*"Hawaon ne aakhir kahan lakar utara hai*
*tumhari gali mein aage mod ka ishara hai*
*parinde laut hi jate hain shaam ko apne ghar*
*phir yaad rahe na rahe kahan din guzara hai"*

6. Udaasi aur nirasha sikhati hai **Zindagi ka Sach** aur dikhati hai rishton ki sacchai. Iss daur mein seekhe gaye sabak ta-umr saath dete hain. Yahan khataa khane ke baad aap na dobara khataa khane se ghabrate hain aur na hi khataa khate hain.

*"Samandar ke seene mein kitni aag rahe*
*kinare aate-aate sirf jhaag rahe*
*duniya tamasha hai sanjeeda na hona*
*mazaa hai jab tamashaai sa bairaag rahe"*

7. **स्वयं की खोज**, अपने से प्यार और अपनी जय का मंत्र सफ़र का वो पड़ाव है जो इस पूरी यात्रा की सबसे अहम कड़ी है। अगर इस पड़ाव को अच्छे से समझकर, मन से जीकर आप पार हो जाते हैं तो समझें यात्रा सार्थक रही। अगर पार ना भी जा पाएँ, आगे ना बढ़ें पर यहीं पर ही ठहर जाएँ तो भी मान लीजिए कि सफ़र कामयाब रहा। ये सबसे अहम इसलिए भी है कि अगर यहाँ चूके तो उदासी और शोक में ठहर कर रह जाएँगे और अगर ऐसा हुआ तो प्रेम का और पूरी यात्रा का मक़सद ही हार जाएगा।

*"दरिया रोज़ गिरें छलकता नहीं वो समन्दर है तू*
*जुड़ा है सबसे फिर भी जुदा वो कलंदर है तू*
*नहीं चाहिए तुझे कोई मसीहा ना कोई रहनुमा*
*फ़तह करना है सिर्फ़ ख़ुद को वो सिकंदर है तू"*

8. आगे है **सुकून**, शांति, संतुष्टि और सरलता का मीलपत्थर।
बहुत से यात्रियों के लिए यही अंतिम पड़ाव है। यहाँ सफ़र मुकम्मल हुआ। अपनी हस्ती, अपने दिल और अपनी आत्मा के साथ राबता बैठ गया और अब ना कोई घबराई ख्वाहिश है, ना कोई दबी हुई आरज़ू और ना कहीं छिपा हुआ डर। ये जगह है श्वेत, निर्मल, साफ़ और पूर्ण.

*"ज़िंदगी में कुछ यूँ सफ़र करना*
*ख़ुद को खुदा के यूँ नज़र करना*
*सारी खुदाई तुम्हें गोद में पनाह दे*
*ना बंदो की ज़रूरत ना उनका असर करना"*

9. और अगर आप उस चरम को छूने की आस रखते हैं, अपने रूहमीत संग परम द्वार पहुँचने का विश्वास रखते हैं तो इस सफ़र की मंज़िल है **रूहानियत का एहसास**, प्रेम का प्रार्थना हो जाना और प्रेम की कश्ती में बैठ कर आत्मा का परमात्मा में उस पार मिलन हो जाना।
मीरा, कबीर यहीं थे। इस भाव में आपका प्रेमी, आपका साथी ज़रूरी नहीं कि आपके पास हो क्योंकि ये मुक़ाम है दो से एक होने का। यहाँ आप और आपका प्रेमी एक दूसरे के ऐसे हो जाते हैं कि एक दूसरे में ही रहते हैं।

*"मेरे प्रेम में प्रार्थना की भावना छिपी है*
*इस सिद्धार्थ में गौतम की संभावना छिपी है"*

7. **Swayam ki Khoj**, apne se pyar aur apni jai ka mantra safar ka wo padav hai jo iss poori yatra ki sabse eham kadi hai. Agar iss padav ko achhe se samajhkar, mann se jeekar aap paar ho jate hain to samjhein yatra saarthak rahi. Agar paar na bhi jaa payein, aage na badhein par yahi par hi thehar jayein to bhi maan lijiye ki safar kamyaab raha. Ye sabse eham isliye bhi hai ki agar yahan chooke to udaasi aur shok mein thehar kar reh jayenge aur agar aisa hua to prem ka aur poori yatra ka maksad hi haar jayega.

*"Dariya roz gire chhalakta nahi wo samandar hai tu*
*juda hai sabse phir bhi judaa wo kalandar hai tu*
*nahi chahiye tujhe koi maseeha na koi rehnuma*
*fateh karna hai sirf khud ko wo sikandar hai tu"*

8. Aage hai **Sukoon**, shanti, santushti aur saralta ka meelpatthar. Bahut se yaatriyon ke liye yahi antim padav hai. Yahan safar mukammal hua. Apni hasti, apne dil aur apni aatma ke saath raabta baith gaya aur ab na koi ghabrai khwaish hai, na koi dabi hui aarzoo aur na hi kahin chhipa hua darr. Ye jagah hai shwet, nirmal, saaf aur poorn.

*"Zindagi mein kuchh yoon safar karna*
*khud ko khuda ke yoon nazar karna*
*sari khudaai tumhe goud mein panah de*
*na bando ki zaroorat na unka asar karna"*

9. Aur agar aap uss charam ko chhoone ki aas rakhte hain aur apne ruhmeet sang param dwaar pahunchne ka vishwas rakhte hain, to safar ki manzil hai **Ruhaniyat ka Ehsaas**, prem ka prarthna ho jana aur prem ki kashti mein baith kar aatma ka parmatma mein uss paar milan ho jana. Meera, Kabir yahin the. Iss bhav mein aapka premi, aapka saathi zaroori nahi ki aapke paas ho, kyunki ye mukaam hai do se ek hone ka. Yahan aap aur aapka premi ek doosre ke aise ho jate hain ki ek doosre mein hi rehte hain.

*"Mere prem mein prarthna ki bhavna chhipi hai*
*iss Siddhartha mein Gautam ki sambhavna chhipai hai"*

# विषय / Vishay

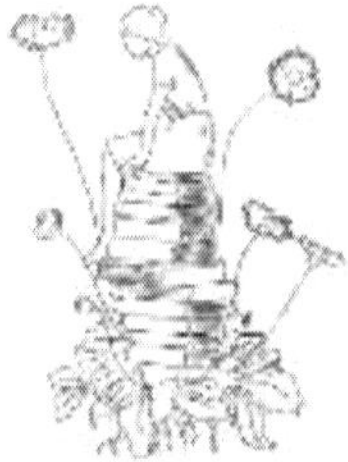

## मुझे मेरी मिट्टी चाहिए खिलने के लिए

बीज में छिपे फूल से मिलने के लिए
मुझे मेरी मिट्टी चाहिए खिलने के लिए
बीज हूँ कहीं भी उभर जाऊँगा
पहाड़ चढ़ लूँ ढलान उतर जाऊँगा
माली ने सींचा या अनजान बाग़ीचा
लड़ता भिड़ता ख़ुद निखर जाऊँगा
बीत तो सबकी जाती है
मौत तो सबको आती है
आज पूरा जीने कल बदलने के लिए
महकने चहकने मचलने के लिए
मुझे मेरी मिट्टी चाहिए खिलने के लिए

खुली आँखों के सपने जैसा
अपनों में ढूँढू अपने जैसा
मिल जाए तो रम जाऊँ मैं
वरना जीवन खपने जैसा
सफ़र तो सब करते हैं
बस ख़ाली जगह भरते हैं
एक साँचे में ढलने के लिए
मन से साथ चलने के लिए
मुझे मेरी मिट्टी चाहिए खिलने के लिए

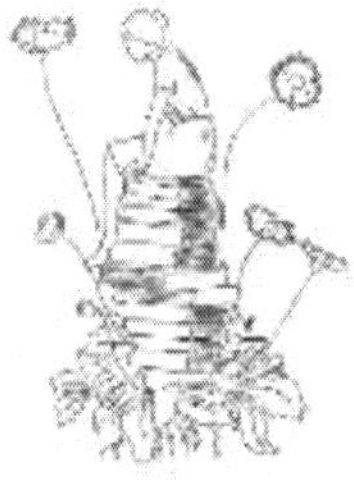

## Mujhe Meri Mitti Chahiye Khilne Ke Liye

Beej mein chhipe phool se milne ke liye
Mujhe meri mitti chahiye khilne ke liye
Beej hoon kahin bhi ubhar jaunga
Pahaad chadh lu dhalaan utar jaunga
Maali ne seencha ya anjaan bageecha
Ladta bhidta khud nikhar jaunga
Beet to sabki jati hai
Maut to sabko aati hai
Aaj poora jeene kal badalne ke liye
Mehkane chehkane machalne ke liye
Mujhe meri mitti chahiye khilne ke liye

Khuli aankhon ke sapne jaisa
Apno mein dhoondu apne jaisa
Mil jaye to ram jaun main
Varna jeevan khapne jaisa
Safar to sab karte hain
Bas khali jagah bharte hain
Ek sanche mein dhalne ke liye
Mann se saath chalne ke liye
Mujhe meri mitti chahiye khilne ke liye

ऐसी बोली जो राग लगे
तेरे हिस्से मेरा भाग लगे
धूप खिले तो दोनो बाँटें
छाँव ढले तो दोनो लौटें

मेरे सपने खुल कर कह पाऊँ
जो गिर जाऊँ ना घाव छुपाऊँ
बहती हवा संग हिलने के लिए
हर पुराना ज़ख़्म सिलने के लिए
मुझे मेरी मिट्टी चाहिए खिलने के लिए

ख़ुद को तुम को सब को सींचे
चलें हाथ पकड़ कभी आँखें मींचे
खिलके मिलें खुल कर हंस पाएँ
आँखें समझें जो आँखें कह जायें
बातें गहरी शिकवे हल्के
दर्द मिले तो आंसू छलके
अपना सच जीने पूरा फलने के लिए
हर रंग को हर अंग से मलने के लिए
मुझे मेरी मिट्टी चाहिए खिलने के लिए

जगमग खोटी जग खरा दिखे है
ख़ाली झोली मन भरा दिखे है
सब उतरा तो प्रेम ही पहना
डूबा अंदर तो सीखा बहना
अपनी आँखों में शान हो मेरी
मेरे सच से पहचान हो मेरी

अहम का वहम घुलने के लिए
आत्मा तक अंदर धुलने के लिए
मुझे मेरी मिट्टी चाहिए खिलने के लिए

Aisi boli jo raag lage
Tere hisse mera bhaag lage
Dhoop khile to dono baante
Chhanv dhale to dono lautein

Mere sapne khul ke keh paun
Jo gir jaun na ghaav chhipaun
Behti hawa sang hilne ke liye
Har purana zakhm silne ke liye
Mujhe meri mitti chahiye khilne ke liye

Khud ko tumko sabko seenche
Chalein haath pakad kabhi aankhein meeche
khilke mile khul kar hass payein
Aankhein samjhein jo aankhein keh jaayein
Baatein gehri shikve halke
Dard mile to aansoo chhalke
Apna sach jeene poora falne ke liye
Har rang ko har ang se malne ke liye
Mujhe meri mitti chahiye khilne ke liye

Jagmag khoti jag khara dikhe hai
Khali jholi mann bhara dikhe hai
Sab utra to prem hi pehna
Dooba andar to seekha behna
Apni aankhon mein shaan ho meri
Mere sach se pehchaan ho meri

Eham ka veham ghulne ke liye
Aatma tak andar dhulne ke liye
Mujhe meri mitti chahiye khilne ke liye

## मीत

“अपनों में ढूँढू अपने जैसा
मिल जाए तो रम जाऊँ मैं
वरना जीवन खपने जैसा”

**Meet**

"Apno mein dhoondu apne jaise
Mil jaye to ram jaun main
Varna jeevan khapne jaisa"

मन का मीत शायद सबसे करीबी और क़ीमती रिश्ता होता है, ये वो दोस्त, वो सखा है जो आपके बाद आपको सबसे ज़्यादा जानता है या फिर आपसे भी ज़्यादा आपको जानता है। ऐसे मन के मीत के सामने हम खुद को और उसको शीशे के आर पार देख सकते हैं। कोई भेद नहीं रहता, कोई राज़ नहीं रहता, कुछ अनकहा नहीं रहता, कुछ अनछुआ नहीं रहता, कोई हंसी दबी नहीं रहती, कोई आंसू छिपा नहीं रहता. "कोई मुझे मेरी तरह क्यों नहीं समझता?" मनमीत मिल जाने के बाद ये सवाल हमेशा के लिए दफ़्न हो जाता है। मनमीत से अगर प्रेम ना भी पनपे फिर भी ये रिश्ता बेशक़ीमती होता है और बीज को अपनी मिट्टी मिल जाने जैसा होता है।

आकर्षण या प्यार की बुनियाद अगर 'मनमीत' की सांझी मिट्टी से होती है तो फिर मनमीत से माहीमीत का सफ़र और भी अद्भुत होता है। एक मिट्टी में खिले हुए मीत, प्रेम का पोषण पाकर एकदूसरे में घुले मिले दो पेड़ों की तरह बढ़ते हैं, जिनकी जड़ें और टहनियाँ आपस में ऐसे जुड़ी रहती हैं कि मानो एक वटवृक्ष हो। इस मिलन में उनकी टहनियों पर लगे फल, फूल और पत्ते एक दूसरे की ओर देखकर मुस्कुराते रहते हैं और अपनी अपनी दिशा और रोशनी में बढ़ते रहते हैं।

इसलिए माहीमीत के प्रेम रस की यात्रा पर जाने से पहले मनमीत को याद करना ज़रूरी था।

जीवन में माहीमीत मिलना विरले सौभाग्य की बात है लेकिन मेरी प्रार्थना है मनमीत सबको मिले।

"जब से मुझे मन का मीत मिल गया है
मेरी क़लम को नया गीत मिल गया है
दुनिया तमाशाई है आज है कल नहीं
उसे ताउम्र सुनाऊँ वो संगीत मिल गया है"

Mann ka meet shayad sabse kareebi aur keemti rishta hota hai, ye wo dost hai, wo sakha hai jo aapke baad aapko sabse zyada jaanta hai ya phir aapse bhi zyada aapko jaanta hai. Aise mann ke meet ke saamne hum khud ko aur usko sheeshe ke aar-paar dekh sakte hain. Koi bhed nahi rehta, koi raaz nahi rehta, kuchh ankaha nahi rehta, kuchh anchhua nahi rehta, koi hansi dabi nahi rehti, koi aansoo chhipa nahi rehta. "Koi mujhe meri tarah kyun nahi samajhta?" Mannmeet mil jane ke baad ye sawal hamesha ke liye dafn ho jata hai. Mannmeet se agar prem na bhi panpe phir bhi ye rishta beshkeemti hota hai aur beej ko apni mitti mil jane jaisa hota hai Aakarshan ya pyar ki buniyaad agar mannmeet ki saanjhi mitti se hoti hai to phir Mannmeet se Mahimeet ka safar aur bhi adbhut hota hai. Ek mitti mein khile hue meet, prem ka poshan paakar ek doosre mein ghule mile do pedon ki tarah badhte hain jinki jadein aur tehniyan aapas mein judi rehti hain ki maano ek vatvriksh ho. Iss milan mein unki tehniyon par lage phal, phool aur patte ek doosre ki ore dekhkar muskurate hain aur apni apni disha aur roshni mein badhte rehte hain isliye Mahimeet ke prem ras ki yatra par jane se pehle Mannmeet ko yaad karna zaroori tha.
Jeevan mein Mahimeet milna virle saubhagya ki baat hai lekin meri prarthna hai ki Mannmeet sabko mile.

"jab se mujhe mann ka meet mil gaya hai
meri kalam ko naya geet mil gaya hai
duniya tamashaai hai aaj hai kal nahi
usse ta-umr sunau wo sangeet mil gaya hai"

# Chapter 1

# कशिश/ Kashish

इसे कशिश कहिए, आकर्षण कहिए या दिलकशी। हाँ ये जिस्म का तिलिस्म तो है लेकिन दिल भी तो जिस्म का ही हिस्सा है। उनकी ज़ुल्फ़ें, उनकी अदा, उनकी हंसी, उनकी चाल, उनका हुस्न और उनकी मिसाल, ये सब दिल की धड़कनों को जब बेक़ाबू कर दे, ख़ाली समंदर को लहरों से भर दे तो मोहब्बत होना लाज़मी है।

इस दौर में कलम से रस गिरता है। मन करता है कि लफ़्ज़ों में ऐसी तस्वीर गढ़ दी जाए कि मीलों दूर बैठा सजन ख़त पढ़े तो उसे लगे आईना देख रहा है।

*"प्रिये,*
*तुम्हारा पत्र मिला*
*ये पत्र दर्पण है जिसके आर पार मैं तुम्हें देख पा रहा हूँ...वो हल्के रंग की सीधे पल्ले की सुनहरी बॉर्डर वाली साड़ी, वो माथे पर दमकती कुमकुम से लगाई लाल बिंदी, वो कजरे की धार से सजी झील सी आँखें और उनमें हमारे मिलन की चाहत और दूर होने की थोड़ी सी मायूसी...वो मेरा लिहाज़ कर धीरे से गालों को चूमती कानों की बाली...*
*वो तुम्हारी गीली ज़ुल्फ़ों से काग़ज़ पर गिरी कुछ पानी की बूँदे...एक हाथ से अपने माथे पर गिरे बालों को सँवारती और दूसरे हाथ में क़लम को दांतों में दबा अपनी एक एक अदा को काग़ज़ पर उतारती...*
*तुम्हारी पाजेब के घुँघरुओं की खनक मुझे बुला रही है... वो खिड़की से छन कर आती मद्धम रोशनी तुम्हारे चेहरे की रंगत से छिटक कर आ गयी है इन पन्नों पर...*
*और सुनो... इस पत्र को लिफ़ाफ़े में भरने से पहले अपने सीने से भी लगाती हो ना...तुम्हारी ख़ुशबू में डूबा ये पत्र नहीं अब मेरा इत्र हो गया है...*
*तुम्हारा..."*

## Kashish

Ise kashish kahiye, aakarshan kahiye ya dilkashi. Haan ye jism ka tilism to hai lekin dil bhi to jism ka hi hissa hai...unki zulfein, unki adaa, unki hansi, unki chaal, unka husn aur unki misaal...ye sab dil ki dhadkano ko jab bekaboo kar de, khali samandar ko lehron se bhar de to mohabbat hona lazmi hai.

Iss daur mein kalam se ras girta hai, mann karta hai ki lafzon mein aisi tasveer gadh di jaye ki meelon door baitha sajan khat padhe to usse lage aaina dekh raha hai.

***"Priye,***
***Tumhara patr mila***
***Ye patr darpan hai jiske aar paar main tumhe dekh paa raha hoon. Wo halke rang ki seedhe palle ki sunehri border wali sari, wo maathe par damakti kumkum se lagai lal bindi, wo kajre ki dhaar se saji jheel si aankhein aur unme hamare milan ki chahat aur door hone ki thodi mayoosi, wo mera lihaaz kar dheere se gaalon ko choomti kano ki baali***
***Wo tumhari geeli zulfon se kagaz par giri kuchh pani ki boondein...ek haath se apne maathe par gire baalon ko sanwarti aur doosre haath mein kalam ko daanto mein daba apni ek ek adaa ko kagaz par utaarti…***
***Tumhari paajeb ke ghungruon ki khanak mujhe bula rahi hai...wo khidki se chhan kar aati madham roshni tumhare chehre ki rangat se chhitak kar aa gayi hai inn punno par***
***Aur suno is patr ko lifafe mein bharne se pehle apne seene se bhi lagati ho na...tumhari khushboo mein dooba ye patr nahi ab mera itr ho gaya hai…***
***tumhara..."***

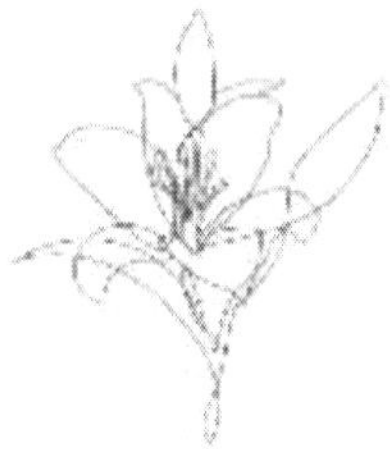

हाँ ये नशा होता है, पर अच्छा नशा है। प्रेम कहानी में इस मरहले को कम मत आंकना…ये गुज़रता तो हर प्यार की चौखट से है लेकिन कुछ विरले प्यार ही होते हैं जहां ये दहलीज़ लांघ कर हमेशा के लिए घर बना लेता है।

प्रेम कहानियाँ वक्त के साथ पुरानी होती हैं... ये प्यास बुझाती हैं पानी होती हैं...लेकिन अगर इस दौर का नशा क़ायम रहता है तो प्रेम कहानी शर्बत बन जाती है, प्यास बुझाती है पर मिठास के साथ।

उनकी अदा, उनकी ज़ुल्फ़, उनकी हंसी, उनका हुस्न अगर सालों बाद भी आपकी धड़कने बढ़ा दे तो मान लीजिए इस नशे की तासीर आपके दिल की तंदुरुस्ती के लिए अच्छी है।
आईए मेरे साथ और डूब जाइए इस रस में।

***

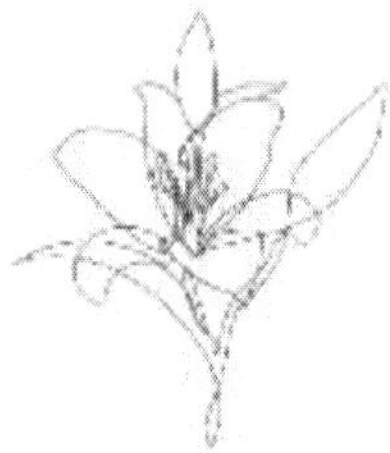

Haan ye nasha hota hai, achha nasha hai. Prem kahani mein iss marhale ko kam mat aankna. Yeh guzarta to har pyar ki chaukhat se hai lekin kuchh virle pyar hi hote hain jahan ye dehleez laangh kar hamesha ke liye ghar bana leta hai.

Prem kahaniyan waqt ke sath purani hoti hain, ye pyaas bujhati hain pani hoti hain. Lekin agar iss daur ka nasha kayam rehta hai to prem kahani sharbat bann jati hai, pyaas bujhati hai par mithas ke saath.

Unki adaa, unki zulf, unki hansi, unka husn agar saalon baad bhi aapki dhadkane badha de to maan lijiye is nashe ki taseer aapke dil ki tandrusti ke liye achhi hai.
Aaiye mere saath aur doob jaiye iss ras mein.

***

## ख़्वाब सी लड़की

चाँद के झूले में बैठी एक ख़्वाब सी लड़की
मेरे हर सवाल का जवाब लाजवाब सी लड़की
कभी धूप उसे चूमती कभी छाँव छू जाती
ढलती दोपहर में खिले आफ़ताब सी लड़की

वो नंगे पैरों से घास को सहलाती है
वो आँगन में महके गुलाब सी लड़की

हवा उसके गेसुओं से शरारत करती है
वो क़ुदरत के तख़्त पर बैठी नवाब सी लड़की

वो बाहें फैलाए तो ले जहां आग़ोश में
वो आसमाँ गले लगाने को बेताब सी लड़की

मुस्कुराती है तो रूह आँखों में उतर आती है
वो सीने पे रखी मोहब्बत की किताब सी लड़की

***

## Khwaab Si Ladki

Chaand ke jhoole mein baithi khwaab si ladki
Mere har sawal ka jawaab lajwaab si ladki
Kabhi dhoop choomti kabhi chhanv chhoo jati
Dhalti dopahar mein khile aaftaab si ladki

Wo nange pairon se ghaas ko sehlaati hai
Wo aangan mein mehke gulaab si ladki

Hawa uske gesuon se shararat karti hai
Wo kudrat ke takht par baithi nawab si ladki

Wo baahein failaye to le jahan aagosh mein
Wo aasmaan gale lagane ko betaab si ladki

Muskurati hai to ruh aankhon mein utar aati hai
Wo seene pe rakhi mohabbat ki kitaab si ladki

***

तेरे चेहरे पे गिरे गीले बालों की क़सम
मैंने देखा है चाँद पर झरने भी होते हैं

.................................................

तसव्वुर इन गेसुओं का मेरी नज़र सा है
कहाँ हटते  हैं तेरे चेहरे का दीदार करने से

.................................................

मेरी ओर गेसुओं की घटा, धड़कनो का शोर
बता तेरी तरफ़ क्या मिज़ाज है मौसम का

.................................................

क़यामत का बादल उमड़ आया है
दरिया का पानी भी चढ़ आया है
तेरे गीले बालों के छल्लों का सिला
डूबना था जिसमें सैलाब बढ़ आया है

.................................................

कभी खिल कर, कभी खुल कर
कभी उलझे से, कभी धुल कर
अलग लहजा तेरे गेसुओं का मेरे साथ
बात करते हैं दो जिगरी घुलकर

***

Tere chehre pe gire geele baalon ki kasam
Maine dekha hai chaand par jharne bhi hote hain

..................................................

Tassavur in gesuon ka meri nazar sa hai
Kahan hat te hain tere chehre ka deedar karne se

..................................................

Meri ore gesuon ki ghata, dhadkano ka shor
Bata teri taraf kya mizaaj hai mausam ka

..................................................

Qyamat ka badal umad aaya hai
Dariya ka paani bhi chadh aaya hai
Tere geele baalon ke chhallon ka sila
Doobna tha jisme sailaab badh aaya hai

..................................................

Kabhi khil kar, kabhi khul kar
Kabhi uljhe se, kabhi dhul kar
Alag lehja tere gesuon ka mere saath
Baat karte hain do jigri ghulkar

***

चुन्नी गले में बहार लपेटे शाम सुहानी सी
काँधे चुन्नी शोख़ी में घुली नार दीवानी सी
कमर जो बांधी बन गयी अल्हड़ मुटीयार तुम
चुन्नी सर पे तुमने ली बन गयी गुरबानी सी

..................................................

पलकें काफ़ी हैं ये पर्दे का रिवाज़ कैसा है
आँखें बोलती हैं दिल का मिज़ाज कैसा है
मेरी रूह को तुमने आर पार देखा है
फिर ये तकल्लुफ़ कैसा लिहाज़ कैसा है

..................................................

नज़र झुकाती धूप,
अलसाती हुई लहरें,
हवाओं में नमी,
छुअन में कशिश......
क्या क्या अदायें सिखा दी तुमने मेरे शहर की शाम को

..................................................

इस अदा में बाँकपन अन्दाज़ में मस्ती है
लम्बी सुराही दार गर्दन उठा वो हस्ती है
मुझसे पहले कानों के झुमके जा चूमते हैं
हम क़तार में हैं तेरे दीवानो की बस्ती है

***

Chunni gale mein bahaar lapete shaam suhani si
Kaandhe chunni shokhi mein ghuli naar diwani si
Kamar jo baandhi ban gayi alhad mutiyaar tum
Chunni sar pe tumne li ban gayi gurbani si

.....................................................

Palkein kaafi hain ye parde ka riwaaz kaisa hai
Aankhein bolti hain dil ka mizaaj kaisa hai
Meri ruh ko tumne aar paar dekha hai
Phir ye takalluf kaisa lihaaz kaisa hai

.....................................................

Nazar jhukati dhoop,
Alsati hui lehrein,
Hawaon mein nami,
Chhuan mein kashish...
Kya kya adaayein sikha di tumne mere shehar ki shaam ko

.....................................................

Iss adda mein baankpan andaz mein masti hai
Lambi surahidaar gardan utha wo hasti hai
Mujhse pehle kano ke jhumke jaa choomte hain
Hum kataar mein hain tere diwano ki basti hai

***

# मैंने फिर उसे देख लिया

घनघोर बादलों को चीर कौंधती
बिजली की तार को तो देखा होगा.....
मैंने भी देखा है पर मैंने फिर उसे देख लिया
अपनी आग़ोश में सावन की बूँदे समेटे
काली घटाओं को उमड़ते तो देखा होगा...
मैंने भी देखा है पर मैंने फिर उसे देख लिया

बन में बरखा की बूँदों की चाप पर
अपने परों की छटा बिखेर नाचते मोर को तो देखा होगा
मैंने भी देखा है पर मैंने फिर उसे देख लिया
चाँदनी की किरणो को चूमने बढ़ती
अठखेलियाँ करती सागर की लहरों को तो देखा होगा
मैंने भी देखा है पर मैंने फिर उसे देख लिया

आँखों में मिलन की प्यास लिए
अपने ही यौवन पर इतराती हिरणी को तो देखा होगा
मैंने भी देखा है पर मैंने फिर उसे देख लिया
नदी में समा जाने को अधीर
चट्टानों से टकराते झरने को उतरते तो देखा होगा
मैंने भी देखा है पर मैंने फिर उसे देख लिया

मैंने भी तुम्हारी तरह सब देख रखा था,
अलग समय पर, अलग जगह पर, अलग रूप में
लेकिन उसकी एक झलक में, उसकी एक अदा में
सब एक साथ एक जगह एक रूप में
सिर्फ़ मैंने देखा है... हाँ सिर्फ़ मैंने देखा है
और अब बस ऐसा लगता है
इससे पहले कुछ नहीं देखा था

***

## Maine Phir Usse Dekh Liya

Ghanghor badlon ko cheer kaundhti
Bijli ki taar ko to dekha hoga
Maine bhi dekha hai par maine phir usse dekh liya
Apni aagosh mein sawan ki boondein samete
Kaali ghataon ko umadte to dekha hoga
Maine bhi dekha hai par maine phir usse dekh liya

Bann mein barkha ki boondon ki chaap par
Apne paron ki chhata bikher naachte mor ko to dekha hoga
Maine bhi dekha hai par maine phir usse dekh liya
Chandni ki kiron ko choomne badhti
Athkheliyan karti sagar ki lehron ko to dekha hoga
Maine bhi dekha hai par maine phir usse dekh liya

Aankhon mein milan ki pyaas liye
Apne hi yauvan par itrati hirni ko to dekha hoga
Maine bhi dekha hai par maine phir usse dekh liya
Nadi mein samaa jaane ko adheer
Chattano se takrate jharne ko utarte to dekha hoga
Maine bhi dekha hai par maine phir usse dekh liya

Maine bhi tumhari tarah sab dekh rakha tha
Alag samay par, alag jagah par, alag roop mein
Lekin uski ek jhalak main, uski ek adaa mein
Sab ek saath ek jagah ek roop mein
Sirf maine dekha hai haan sirf maine dekha hai
Aur ab aisa lagta hai
Isse pehle kuchh nahi dekha tha

***

वो बदलते मौसम की आहट सी लड़की
वो मासूम बच्चे की मुस्कुराहट सी लड़की
उसकी हँसी से मैं अपने हाथ सेकता हूँ
वो जाड़े में ऊन की गरमाहट सी लड़की

........................................................

थोड़ी झील सी रंगत
कुछ नदी सी तबीयत
समंदर सा किरदार लो
मुट्ठी भर शोख़ी
स्वाद अनुसार सादगी
और बहुत सारा प्यार लो
फिर सरलता, सहजता
रूहानियत के पत्तों से निखार लो
अब दिल थाम कर बैठो
और देखो,
मेरी प्रियतम तैयार लो

***

Wo badalte mausam ki aahat si ladki
Wo masoom bacche ki muskurahat si ladki
Uski hansi se main apne haath sekta hoon
Wo jaade mein oon ki garmahat si ladki

...............................................

Thodi jheel si rangat
Kuch nadi si tabiyat
Samandar sa kirdaar lo
Mutthi bhar shokhi
Swad anusaar saadgi
Aur bahut sara pyar lo
Phir saralta, sehejta
Ruhaniyat ke patton se nikhar lo
Ab dil thaam ke baitho
Dekho mera priyatam taiyaar lo

***

वो कमल की दो आधी पंखुड़ियाँ
वो झील का एक तरफ़ा किनारा
वो बादलों की झुकी हुई झालर
वो दोपहर में शाम सा नज़ारा
वो आधी भरी गुलाब की शीशी
वो आधा छुपा चेहरा तुम्हारा
नज़र से बचाता ये नूर-ए-नक़्श
रुख़सार पर नुक़्ता दिल है हमारा

.............................................

वो बोली,
कभी तुम्हारी कविता में महकूँ
कभी ग़ज़ल में ख़ुशबू जैसी
मैंने कहा
बिंदी में तुम हिंदी लगती,
बिन बिंदी के उर्दू जैसी

***

Wo kamal ki do aadhi pankhudiyan
Wo jheel ka iktarfa kinara
Wo badalon ki jhuki hui jhalar
Wo dopahar mein shaam sa nazara
Wo aadhi bhari gulaab ki sheeshi
Wo aadha chhupa chehra tumhara
Nazar se bachata ye noor-e-naksh
Rukhsaar par nukta dil hai hamara

.............................................

Wo boli
Kabhi tumhari kavita mein mehkoon
Kabhi ghazal mein khushboo jaisi
Maine kaha
Bindi mein tum hindi lagti
Bin bindi ke urdu jaisi

***

मेरी हर इक ग़ज़ल उसकी ही ख़ुशबू से महकती है
ये चिड़िया उसके होठों को ही छूकर अब चहकती है
मैं कोशिश लाख कर लूँ पर क़लम ये ना सुने मेरी
संभलती है तभी ये जब मोहब्बत में बहकती है

Meri har ik gazal uski hi khushboo se mehakti hai
Yeh chidiya uske hothon ko hi chhookar ab chehakti hai
Main koshish laakh kar loon par kalam ye na sune meri
Sambhalti hai tabhi ye jab mohabbat mein behakti hai

***

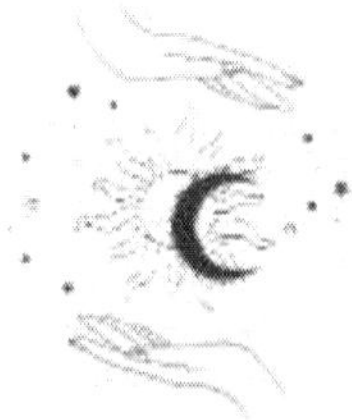

## ये आँखो में क्या क्या लिए फिरती हो...

ये एक कोने से झांकती शोख़ी
ये बाहर आने को बेताब शरारत
ये मंद मचलती हुई मस्ती
ये बिंदास बेफ़िक्री
ये नज़र में चढ़ती खुमारी
ये अल्हड़ इश्क़ का नूर
ये विरले प्रेम की गहराई
ये अपनी हस्ती पर नाज़
ये मन की मौज
ये बदन से उठती भाप
ये मौसम का मिज़ाज
ये कामना का राज़
ये नशीली नज़ाकत
ये बेवजह सा सुरूर
ये अलसाई फ़ुर्सत की
ये अपनी रूह का आईना
ये नई सच्चाई की रौनक़
ये पुराने यक़ीन की चमक
ये किसी चाहत का मज़ा
ये किसी दीवानगी का नशा
हमसे संभल कर रहना...हम वो भी देख लेते हैं जो तुम ख़ुद को भी नहीं दिखाती...ख़ुद को भी नहीं बताती

***

## Ye Aankhon Mein Kya Kya Liye Phirti Ho

Ye ek kone se jhankti shokhi
Ye bahar aane ko betaab shararat
Ye mand machalti hui masti
Ye bindaas befikri
Ye nazar mein chadhti khumari
Ye alhad ishq ka noor
Ye virle prem ki gehrai
Ye apni hasti par naaz
Ye mann ki mauj
Ye badan se uthti bhaap
Ye mausam ka mizaaj
Ye kaamna ka raaz
Ye nasheeli nazakat
Ye bevajah suroor
Ye alsai fursat ki
Ye apni ruh ka aaina
Ye nayi sacchai ki raunak
Ye purane yakeen ki chamak
Ye kisi chahat ka mazaa
Ye kisi diwangi ka nasha
Humse sambhal kar rehna...hum wo bhi dekh lete hain jo tum khud ko bhi nahi dikhati khud ko bhi nahi batata

***

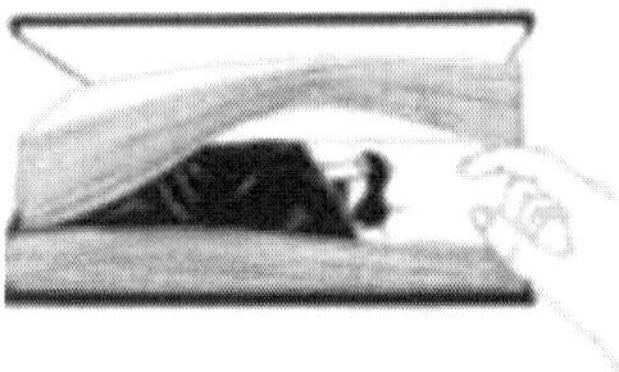

## ग़ज़ल कैसे लिखते हो...

किसी ने मुझसे पूछा ग़ज़ल कैसे लिखते हो...
मैंने तेरी तस्वीर सामने रख दी और कहा...
उसकी हल्के नारंगी फूलों से सजी साड़ी मेरी किताब के पन्ने हैं,
ज़िंदगी से भरे नैनों में तैरते काजल के रंग से मैं क़लम भरता हूँ, काँधे के एक तरफ़
झरने सी गिरती ज़ुल्फ़ें स्याही बन जाती हैं,
लफ़्ज़ इन मोतियों की माला से उधार लेता हूँ...
ये चेहरे पे छिटकी पर कुछ ठहरी सी मुस्कुराहट मेरे लफ़्ज़ों की धड़कन है...
ये गालों पर मौसमी सेब सा रंग शायरी का जलाल है,
ये माथे की बुलंदी मेरी रुबाई का वज़न है,
ये झुकती नज़र की नज़ाकत शेर की आबरू है और
ये गुलाबी होठों का तबस्सुम मेरी ग़ज़ल का तरन्नुम है......
बस हमें जब भी वो ऐसे दिखते हैं...
क़लम उठा लेते हैं ग़ज़ल लिखते हैं...

***

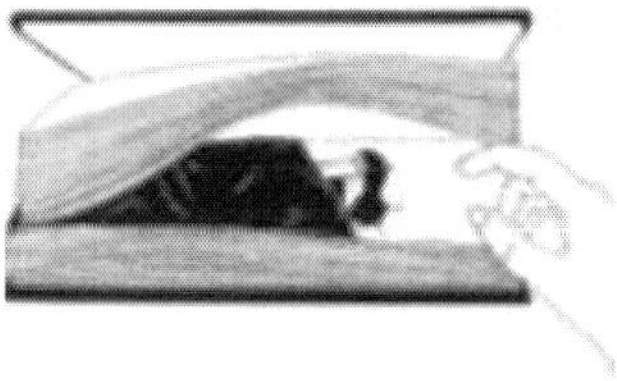

## Ghazal kaise likhte ho

Kisi ne mujhse poochha ghazal kaise likhte ho
Maine teri tasveer saamne rakh di aur kaha
Uski halke narangi phoolon se saji sari meri kitaab ke panne hain
Zindagi se bhare naino mein tairte kajal se main kalam bharta hoon,
Kaandhe ke ek taraf jharne si girti zulfein syahi ban jati hain,
Lafz in motiyon ki mala se udhaar leta hoon
Ye chehre pe chhitki par kuchh thehri si muskurahat mere lafzon ki dhadkan hai
Ye gaalon par mausmi seb sa rang shayri ka jalaal hai
Ye maathe ki bulandi meri rubai ka vazan hai
Ye jhukti nazar ki nazakat sher ki aabroo hai, aur
Ye gulabi hothon ka tabassum meri ghazal ka tarannum hai
Bas humein jab bhi wo aise dikhte hain
Kalam utha lete hain ghazal likhte hain

***

## कैसे बताऊँ मैं तुम्हें तुम कौन हो

कैसे बताऊँ मैं तुम्हें
तुम कौन हो
चाँद हो पूनम की रात का
लहजा हो मीठी सी बात का
बहती नदी सी मचलती हो
पतझर में भी खिलती हो
चाहो तो छू लो तितली जैसे
चाहो तो छू लो बिजली जैसे
दिल से सोचो दिल से चाहो
दिल से माँगो दिल से सराहो
उगते सूरज की तपिश भी हो
ढलती शाम की कशिश भी हो
सुनो कुछ मालूम हुआ तुम कौन हो
नहीं ना...कैसे बताऊँ मैं तुम्हें
तुम कौन हो......

ये जो तेरी मुस्कुराहटें हैं
ये अच्छे शगुन की आहटें हैं
ये अजब दुनिया तेरी बातों की
जादुई पोटली सौग़ातों की
तुम गहरा जाओ तो मोती से मेल करो
किनारे रह जाओ तो लहरों से खेल करो
मन में भीतर छिपा कोई रोष नहीं
बोली में सिर्फ़ मिठास कोई दोष नहीं
तुम अपनो के लिए ढाल भी हो
तुम राह दिखाती मशाल भी हो
सुनो कुछ मालूम हुआ तुम कौन हो
नहीं ना...कैसे बताऊँ मैं तुम्हें
तुम कौन हो......

## Kaise Batau Main Tumhe Tum Kaun Ho

Kaise batau main tumhe
Tum kaun ho
Chaand ho poonam ki raat ka
Lehja ho meethi si baat ka
Behti nadi si machalti ho
Patjhar mein bhi khilti ho
Chaho to chhoo lo titli jaisi
Chaho to chhoo lo bijli jaise
Dil se socho dil se chaho
Dil se maango dil se saraho
Ugte sooraj ki tapish bhi ho
Dhalti shaam ki kashish bhi ho
Suno kuchh maloom hua tum kaun ho
Nahi na...kaise batau main tumhe
Tum kaun ho

Ye jo teri muskurahtein hain
Ye achhe shagun ki aahtein hain
Ya ajab duniya teri baaton ki
Jadui potli saugaton ki
Tum gehra jao to moti se mel karo
Kinare reh jao to lehron se khel karo
Mann mein bheetar chhipa koi rosh nahi
Boli mein sirf mithas koi dosh nahi
Tum apno ke liye dhaal bhi ho
Tum raah dikhati mashaal bhi ho
Suno kuchh maloom hua tum kaun ho
Nahi na...kaise batau main tumhe
Tum kaun ho

तुम सावन की पहली बरसात सी
तुम शहद में भीगे जज़्बात सी
तुम्हारे जीवन का आधार प्रेम है
व्यवहार प्रेम है व्यापार प्रेम है
अपनी मस्ती में रहती हूँ सबसे कहती हूँ
जीवन बहते रहना देखो मैं बहती हूँ
कोई क्लेश नहीं कोई द्वेष नहीं
अपनो से उम्मीदों का बोझा भी शेष नहीं
तुम मधुर भी तुम सरल भी हो
तुम स्वप्न भी तुम असल भी हो
सुनो कुछ मालूम हुआ तुम कौन हो
नहीं ना...कैसे बताऊँ मैं तुम्हें
तुम कौन हो

तुम कोमल हो, कमज़ोर नहीं
तुम संगीत हो, शोर नहीं
मन से उड़ती हो कोई डोर नहीं
कोई बाँध नहीं कोई छोर नहीं
तुम आँखों से सब कह देती हो
कोई ना समझे तो सह लेती हो
चाहे तुमसे कोई कितना ले जाए
तोल नहीं बदले में क्या दे जाए
पर पहचान है तुमको सच्चे खातों की
जीवन भर रखने वाले नातों की
प्रयत्नशील हो अपनी इक हस्ती भी हो
मिलते जुलते अपने जैसों की बस्ती भी हो
सुनो कुछ मालूम हुआ तुम कौन हो
नहीं ना...कैसे बताऊँ मैं तुम्हें
तुम कौन हो

Tum savan ki pehli barsaat si
Tum shehed mein bheege jazbaat si
Tumhare jeevan ka adhaar prem hai
Vyavhar prem hai vyapar prem hai
Apni masti mein rehti hoon sabse kehti hoon
Jeevan behte rehna dekho main behti hoon
Koi klesh nahi koi dwesh nahi
Apno se ummeedon ka bojha bhi shesh nahi
Tum madhur bhi tum saral bhi ho
Tum swapan bhi tum asal bhi ho
Suno kuchh maloom hua tum kaun ho
Nahi na...kaise batau main tumhe
Tum kaun ho

Tum komal ho, kamzor nahi
Tum sangeet ho, shor nahi
Mann se udti ho koi dor nahi
Koi baandh nahi koi chhor nahi
Tum aankhon se sab keh deti ho
Koi na samjhe to seh leti ho
Chahe tumse koi kitna le jaye
Tol nahi badle mein kya de jaye
Par pehchaan hai tumko sacche khaaton ki
Jeevan bhar rakhne wale naaton ki
Prayatnsheel ho apni ik hasti bhi ho
Milte julte apne jaison ki basti bhi ho
Suno kuchh maloom hua tum kaun ho
Nahi na...kaise batau main tumhe
Tum kaun ho

स्पर्श तुम्हारा चंदन जैसा है
रूप तुम्हारा वंदन जैसा है
तुम्हारी हर बात सही लगती है
रूहानी ताक़त ने कही लगती है
पढ़ लेती जो कहा नहीं है
गढ़ लेती जो लिखा नहीं है
तुम चाहो तो कामना में बह जाओ
तुम चाहो तो भावना में बंध जाओ
कोई संताप नहीं कोई प्रलाप नहीं
कोई रूढ़िवादी छाप नहीं
तुम प्रेरणा हो तुम प्रेयसी भी हो
तुम अलग हो तुम मेरे जैसी भी हो
सुनो कुछ मालूम हुआ तुम कौन हो
नहीं ना...कैसे बताऊँ मैं तुम्हें
तुम कौन हो

पूरे तन से पूरे मन से प्यार करो
उमंग से तरंग से हर अंग का श्रिंगार करो
ऐश्वर्य तुम्हारा नारी की परिभाषा है
तुमसे रंग चुराए इंद्रधनुष की अभिलाषा है
तुम नटखट और तुम ममता भी
तुम चंचल और तुम समता भी
तुम आत्मसखा हो
तुम जीवन भर का वादा भी हो
तुम रुक्मिनी हो
तुम बरसाने की राधा भी हो
सुनो कुछ मालूम हुआ तुम कौन हो
नहीं ना...कैसे बताऊँ मैं तुम्हें
तुम कौन हो

***

Sparsh tumhara chandan jaisa hai
Roop tumhara vandan jaisa hai
Tumhari har baat sahi lagti hai
Ruhani takat ne kahi lagti hai
Padh leti jo kaha nahi hai
Gadh leti jo likha nahi hai
Tum chaho to kaamna mein beh jao
Tum chaho to bhawna mein bandh jao
Koi santaap nahi koi pralaap nahi
Koi roodhiwadi chhaap nahi
Tum prerna ho tum priyasi bhi ho
Tum alag ho tum mere jaisi bhi ho
Suno kuchh maloom hua tum kaun ho
Nahi na...kaise batau main tumhe
Tum kaun ho

Poore tan se poore mann se pyar karo
Umang se tarang se har ang shringaar karo
Aishwary tumhara nari ki paribhasha hai
Tumse rang churaye indradhanush ki abhilasha hai
Tum natkhat aur tum mamta bhi
Tum chanchal aur tum samta bhi
Tum aatmsakha ho
Tum jeevan bhar ka vaada bhi ho
Tum rukmini ho
Tum barsane ki radha bhi ho
Suno kuchh maloom hua tum kaun ho
Nahi na...kaise batau main tumhe
Tum kaun ho

***

# Chapter 2

## चाहत/Chahat

मोह/ चाहत/ प्रणय, लीजिए अब आ गए हम इश्क़ की हवेली में, यहाँ मोहब्बत परवान चढ़ती है। ना जाने कितने गीत, ग़ज़लें लिखे जा चुके हैं इस एहसास को ब्यां करने में लेकिन फिर भी हर बार हर कोई अपनी कलम से इस मोहब्बत को नवाज़ता है। कुछ ऐसा लिख देना चाहता है जो पहले कभी नहीं लिखा क्योंकि मंजर ही ऐसा है जो पहले कभी नहीं दिखा। हर दिल जो प्यार करेगा वो गाना गाएगा, दीवाना सैंकड़ों में पहचाना जाएगा।

चाहत उसे गाने की, उसे पाने की
वो त्योहार जैसा - रोज़ उसे मनाने की

ये रस, ये दौर वो है जहां सब मुमकिन लगता है, सब चकाचौंध होता है, ना इसे कविता पूरा कह सकती है ना विज्ञान पूरा समझ सकता है...

इतनी बड़ी दुनिया है लेकिन आपके लिए सारी दुनिया एक शख़्स में सिमट कर रह जाती है. ये शख़्स खुद से, ख़ुदी से और ख़ुदा से भी प्यारा हो जाता है...

मेरी समझ से ये इश्क़ का एहसास ही हमें आदमी से इंसान बनाता है। जिसने इसे महसूस नहीं किया मानो वो भरी बारिश में सूखा ही रह गया...मानो वो भरे मयखाने से प्यासा लौट आया...

मेरा तो इसे लिखते हुए भी दिल धड़क रहा है, उम्मीद है आपका पढ़ते हुए भी धड़केगा।

Moh/ chahat/ pranay. Leejiye ab aa gaye ham ishq ki haveli mein, yahan mohabbat parvaan chadhtee hai. Naa jaane kitne geet, gazhlen likhe jaa chuke hain is ehasas ko byaan karne mein lekin fir bhi har baar har koi apni kalam se iss mohabbat ko navazta hai. Kuchh aisa likh dena chahta hai jo pehle kabhi nahi likha kyunki manzar hi aisa hai jo pehle kabhi nahi dikha. Har dil jo pyaar karega vo gana gayega, deewana sainkadon mein pehchana jayega.

chahat usse gaane ki, usse paane ki
vo tyohaar jaisaa - roz usse manane ki

Ye ras, ye daur vo hai jahan sab mumkin lagta hai, sab chakachaundh hota hai, na ise kavita poora keh sakti hai na vigyan poora samajh sakta hai...

Itni badi duniya hai lekin aapke liye saari duniya ek shakhs mein simat kar reh jati hai. Ye shakhs khud se, khudee se aur khuda se bhi pyara ho jata hai...

Meri samajh se ye ishq ka ehsas hi hamein aadmi se insaan banata hai. Jisne ise mehsoos nahi kiya maano vo bhari baarish mein sookha hi reh gaya... maano vo bhare maykhaane se pyasa laut aaya...
mera to ise likhte hue bhi dil dhadk raha hai, ummeed hai aapka padhte hue bhi dhadkega.

## मेरे काँधे पे अपना सर रख दो

बस धड़कनो का शोर सुनो
मेरे काँधे पे अपना सर रख दो
इस शाम का आँचल ओढ़ लो
एक कोने में ये शहर रख दो

हंसते गालों में भीगी ज़ुल्फ़ें हों
मुझे बीचों बीच भँवर रख दो

तेरी गोद का सुकूँ ये भी तो देखे
लो मेरे सिरहाने बिस्तर रख दो

रात सितारों से हमारी सिफ़ारिश करे
अपनी कसक में ऐसा असर रख दो

रात ढले फिर शाम लौट आए
बंद संदूक़ों में कहीं सहर रख दो

बीत जाएगी पलक झपकते ही
इन लम्हों में सारी उमर रख दो

***

## Mere Kandhe Pe Apna Sar Rakh Do

Bas dhadkano ka shor suno
Mere kandhe pe apna sar rakh do
Is shaam ka aanchal odh lo
Ek kone mein ye shehar rakh do

Hanste galon mein bheegi zulfein ho
Mujhe beechon beech bhanvar rakh do

Teri goud ka sukoon ye bhi to dekhe
Lo mere sirhane bistar rakh do

Raat sitaron se hamari sipharish kare
Apni kasak mein aisa asar rakh do

Raat dhale fir shaam laut aye
Band sandookon mein kahin sehar rakh do

Beet jayegi palak jhapakte hi
In lamhon mein saari umar rakh do

***

तू इधर उधर की बातों का ना ख़याल कर
मैं सेहत के लिए अच्छा हूँ मेरा इस्तेमाल कर
वादा करता हूँ सब जवाब मिल जाएँगे
इक बार मेरे होठों को छू के सवाल कर

Tu idhar udhar ki baaton ka na khayal kar
Main sehat ke liye achha hoon mera istemaal kar
Wada karta hoon sab jawab mil jayenge
Ik baar mere hothon ko chhoo ke sawal kar

..................................................

दिल थाम के सुनती हूँ मचल मचल सुनाती हूँ
फिर शरमा जाती हूँ संभल संभल सुनाती हूँ
दो ही स्वाद भाते हैं अब मेरे होठों को बस
जो तुम्हें चूम ना पाऊँ तुम्हारी ग़ज़ल सुनाती हूँ

Dil thaam ke sunti hoon machal machal sunati hoon
Phir sharma jati hoon sambhal sambhal sunati hoon
Do hi swaad bhaate hain ab mere hothon ko bas
Jo tumhe choom na paun tumhari ghazal sunati hoon

..................................................

मुझे मनाने का हुनर तो खूब आता है
तेरे रूठने की अदा से दिल अभी भरा नहीं

Mujhe manane ka hunar to khoob aata hai
Tere roothne ki adaa se dil abhi bhara nahi

***

बताना मुश्किल है तुम मुझे कैसी लगती हो
बस समझ लो बाक़ी की ज़िंदगी लगती हो
उम्र बढ़ाता है आँखों से अपने पास बुलाना
साँसे उखड़ जाती हैं जब अजनबी लगती हो

Batana mushkil hai tum mujhe kaisi lagti ho
Bas samajh lo baki ki zindagi lagti ho
Umr badhata hai aankhon se apne paas bulana
Saanse ukhad jati hain jab ajnabi lagti ho

...............................................

ख़्याल तेरा लफ़्ज़ तेरे कलम तेरी ग़ुलाम है
इसमें तू है, तेरी ग़ज़ल है मेरा तो सिर्फ़ नाम है

Khayal tera lafz tere kalam teri ghulam hai
Isme tu hai teri ghazal hai mera to sirf naam hai

...............................................

ख़्वाहिश कि बस यही मेरा मुस्तकबिल हो
शेर कहूँ जो हमारी मोहब्बत के क़ाबिल हो
तुम्हें शिकायत कि दुनिया पर क्यों नहीं लिखते
क़लम की ज़िद्द कि बस तू इसमें शामिल हो

Khwaish ki bas yahi mera mustakbil ho
sher kahu jo hamari mohabbat ke qabil ho
tumhe shikayat ki duniya par kyun nahi likhte
kalam ki zidd ki bas tu isme shamil ho

***

तेरे ज़हन में लाखों सवाल उनका एक जवाब मैं भी हूँ
खुली आँखों से जो तूने देखे उनमे एक ख़्वाब मैं भी हूँ
हाथ रख ज़रा महसूस कर इसमें दिल धड़कता है
तेरे गुलदस्ते में रखा कहीं एक गुलाब मैं भी हूँ

Tere zehen mein laakhon sawal unka
ek jawab main bhi hoon
Khuli aankhon se jo tune dekhe unme
ek khwab main bhi hoon
Haath rakh zara mehsoos kar isme dil dhadkta hai
Tere guldaste mein rakha kahin ek gulaab main bhi hoon

***

## आईने में मेरे मुस्कुराने लगी

आईने ने 'रुहसाफ़िर' से पूछा सुबह
कौन है वो जो नींदें चुराने लगी
रात भर ख़्वाब में जिसको देखा था वो
आईने में मेरे मुस्कुराने लगी

रंग पानी का अपना कहाँ फिर रहा
धूप लहरों पे जब झिलमिलाने लगी

कोरे काग़ज़ को उसने लबों से छुआ
बस ग़ज़ल बन गयी गुनगुनाने लगी

देखकर जिसको सब देखते रह गए
वो मुझे देखकर हिचकिचाने लगी

बात दिल की कुछ ऐसे दिल से हुई
अपनी ख़ामोशियाँ गीत गाने लगी

***

## Aaine Mein Mere Muskurane Lagi

Aaine ne 'ruhsafir' se poochha subah
Kaun hai jo neende churane lagi
Raat bhar khwab mein jisko dekha tha wo
Aaine mein mere muskurane lagi

Rang pani ka apna kahan phir raha
Dhoop lehron pe jab jhilmilane lagi

Kore kagaz ko usne labon se chhua
Bas ghazal ban gayi gungunane lagi

Dekh kar jisko sab dekhte reh gaye
Wo mujhe dekhkar hichkichane lagi

Baat dil ki kuchh aise dil se hui
Apni khamoshiyan geet gaane lagi

***

## कैसा ये मंज़र बन गया

तेरे मेरे बीच कैसा ये मंज़र बन गया
जैसे बिना ईंट पत्थर के घर बन गया
एहसासों की दीवारें सुकून की छत है
यादों का आँगन इबादत का दर बन गया

मीठे सपनो ने नींद से दोस्ती कर ली
बेफ़िक्री सिरहाना यक़ीं बिस्तर बन गया

नज़र बदन पर निशान छोड़ जाती है
आँखों की छुअन में ये असर बन गया

रोज़ डूबना उभरना कभी गहराई कभी किनारे
लहरों सी बातें ख़यालों का समन्दर बन गया

खामोशी जैसे दोनो के सिवा कोई नहीं
और गुफ़्तगू हुई तो पूरा शहर बन गया

ख़ुदा राज़ी है हमसे ये उसकी ही रज़ा है
मोहब्बत पर भरोसा इस क़दर बन गया

***

## Kaisa Ye Manzar Bann Gaya

Tere mere beech kaisa ye manzar bann gaya
Jaise bina eent patthar ke ghar ban gaya
Ehsason ki deewarein sukoon ki chhat hai
Yaadon ka aangan ibadat ka dar bann gaya

Meethe sapno ne neend se dosti kar li
Befikri sirhana yakeen bistar bann gaya

Nazar badan par nishan chhod jati hai
Ankhon ki chhuan mein ye asar bann gaya

Roz doobna ubharna kabhi gehrai kabhi kinare
Lehron si baatein khayalon ka samandar bann gaya

Khamoshi jaise dono ke siva koi nahi
Aur guftgu hui to poora shehar ban gaya

Khuda razi hai hamse ye uski hi raza hai
Mohabbat par bharosa is kadar bann gaya

***

## तू ही बता मेरी जान

तू ही बता मेरी जान
मैं तुझको कैसे प्यार करूँ
नादान ये दिल परेशान
मैं तुझको कैसे प्यार करूँ
तू आँखों में पढ़ ले
मोती सीने में जड़ ले
बोली आंसुओं की बेज़ुबान
मैं तुझको कैसे प्यार करूँ

तेरा सजदा बुलाऊँ
तुझसे ईद मनाऊँ
कहीं कम ना हो इश्क़ की शान
मैं तुझको कैसे प्यार करूँ

मेरी साँसों के धारे
नाम तेरा पुकारे
ताउम्र ये रखना गुमान
मैं तुझको कैसे प्यार करूँ

***

## Tu Hi Bataa Meri Jaan

Tu hi bataa meri jaan
Main tujhko kaise pyar karu
Nadaan yeh dil pareshaan
Main tujhko kaise pyar karu
Tu aankhon mein padh le
Moti seene mein jadh le
Boli aansuon ki bezuban
Main tujhko kaise pyar karu

Tera sajda bulau
Tujhse eid manau
Kahin kam na ho ishq ki shaan
Main tujhko kaise pyar karu

Meri saanso ke dhaare
Naam tera pukaare
Ta-umr ye rakhna gumaan
Main tujhko kaise pyar karu

***

## अपने प्रियतम के काबिल बना दो

लफ़्ज़ सारे मुझे कह रहे हैं
अपने प्रियतम के काबिल बना दो
कब से बिखरे पड़े हैं लबों पर
लबों से छूकर ग़ज़ल बना दो

जो बरस जाए प्यासी ज़मीं पर
पहली बारिश का बादल बना दो

सब सयाने मुझसा होना चाहें
अपनी चाहत में पागल बना दो

तेरे छूने से बस आराम आए
ऐसे नज़रों से घायल बना दो

मेरी पहचान श्रिंगार तेरा
अपनी आँखों का काजल बना दो

***

## Apne Priytam Ke Kabil Bana Do

Lafz saare mujhe keh rahe hain
Apne priytam ke kabil bana do
Kab se bikhre pade hain labon par
Labon se chhookar ghazal bana do

Jo baras jaaye pyaasi zameen par
Pehli baarish ka baadal bana do

Sab sayane mujhsa hona chahein
Apni chahat mein paagal bana do

Tere chhoone se bas aaraam aaye
Aise nazron se ghayal bana do

Meri pehchaan shringaar tera
Apni aankhon ka kaajal bana do

***

## तू मेरे दिल में रहता है

तू मेरे दिल में रहता है
इसे अपना ही घर समझो
ये अपनी आख़री मंज़िल
इसे ना तुम सफ़र समझो

जो इक दूजे में रब दिखता
इसे रब की मेहर समझो

ये रूहों का मिलन गहरा
कई जन्मो असर समझो

***

## Tu Mere Dil Mein Rehta Hai

Tu mere dil mein rehta hai
Ise apna hi ghar samjho
Ye apni aakhri manzil
Ise na tum safar samjho

Jo ik dooje mein rab dikhta
Ise rab ki meher samjho

Ye ruhon ka milan gehra
Kai janmo asar samjho

***

## है तुझसे बहार

तू मोहब्बत है तू मेरी दुनिया
तू ख़ुशी है, है तुझसे करार
अब जाऊँ जहां भी हमदम
देखूँ तुझे है तुझसे बहार

इक झलक ही तेरी मिल जाये
नित बनाऊँ बहाने हज़ार

हर कहानी मेरे सब फ़साने
पूरे हों जब हो तेरा शुमार

इश्क़ तेरा ही मुझको शिफ़ा दे
इश्क़ तेरा ही कर दे बीमार

इन राहों में तेरा पता है
इन बाहों में ज़िंदगी गुज़ार

***

## Hai Tujhse Bahaar

Tu mohabbat hai tu meri duniya
Tu khushi hai, hai tujhse karaar
Ab jaun jahan bhi humdum
Dekhu tujhe hai tujhse bahaar

Ik jhalak hi teri mil jaye
Nit banau bahane hazaar

Har kahani mere sab fasane
Poore ho jab ho tera shumaar

Ishq tera hi mujhko shifa de
Ishq tera hi kar de bemaar

In raahon mein tera pata hai
In baahon mein zindagi guzaar

***

## तुम्हें सोचना मेरी आदत हो गयी है

तुम्हें सोचना मेरी आदत हो गयी है
सुबह शाम की इबादत हो गयी है

कहाँ मानता था मैं ख़्वाबों किताबों में
पाया तुम्हें जब सब हक़ीक़त हो गयी है

जलता था मैं तन्हाई की तपिश में
साये से तेरे कुछ राहत हो गयी है

बेमोल था दुनिया कीं अंज़ूमन में
छूने से तेरे मेरी क़ीमत हो गयी है

नहीं आरज़ू अब मुझे उस जहाँ की
इस जहाँ में मेरी जन्नत हो गयी है

तुम्हें सोचना मेरी आदत हो गयी है...

***

## Tumhe Sochna Meri Aadat Ho Gayi Hai

Tumhe sochna meri aadat ho gayi hai
Subah shaam ki ibadat ho gayi hai

Kahan maanta tha main khwabon kitabon mein
Paya tumhe jab sab hakikat ho gayi hai

Jalta tha main tanhai ki tapish mein
Saye se tere kuchh raahat ho gayi hai

Bemol tha duniya ki anjuman mein
Chhoone se tere meri keemat ho gayi hai

Nahi aarzoo ab mujhe uss jahan ki
Iss jahan mein meri Jannat ho gayi hai

Tumhe sochna meri aadat ho gayi hai

***

## तुम आई सब बदल गया

आँखें जो कभी हंसी नहीं
बातें जो कभी जँची नहीं

आंसू जो कभी बहे नहीं
लफ़्ज़ जो कभी कहे नहीं

एहसास जो कभी छुए नहीं
सपने जो पूरे हुए नहीं

दर्पण जो कभी धुली नहीं
गाँठें जो कभी खुली नहीं

उम्मीद जो दबी जगी नहीं
पीड़ जो अपनी सगी नहीं

प्रेम जो कभी फला नहीं
जादू जो कभी चला नहीं

तुम आई सब बदल गया
तुम बदली मैं बदल गया

आँखों में है चमक नई
बातों में है खनक नई

## Tum Aai Sab Badal Gaya

Aankhein jo kabhi hansi nahi
Baatein jo kabhi jachi nahi

Aansoo jo kabhi bahe nahi
Lafz jo kabhi kahe nahi

Ehsaas jo kabhi chhue nahi
Sapne jo poore hue nahi

Darpan jo kabhi dhuli nahi
Gaanthein jo kabhi khuli nahi

Ummeed jo dabi jagi nahi
Peed jo apni sagi nahi

Prem jo kabhi fala nahi
Jaadu jo kabhi chala nahi

Tum aai sab badal gaya
Tum badli main badal gaya

Aankhon mein hai chamak nayi
Baaton mein hain khanak nayi

हंसते हंसते आंसू बहते हैं
जो कुछ मन में सब कहते हैं

एहसासों की कड़ी लगी है
सपनों की इक झड़ी लगी है

आँखों दर्पण धुलते धुलते
सुलझ गए हैं खुलते खुलते

पुकारे है उम्मीदों की फेरी
प्रेम भी मेरा पीड़ भी मेरी

अपने जैसा प्रेम है मिलता
तब जाकर जादू है चलता

***

Haste haste aansoo behte hain
Jo kuchh mann mein sab kehte hain

Ehsaason ki kadi lagi hai
Sapno ki ik jhadi lagi hai

Aankhon darpan dhulte dhulte
Sulajh gaye hain khulte khulte

Pukare hai ummeedon ki feri
Prem bhi mera peed bhi meri

Apne jaisa prem hai milta
Tab jakar jadu hai chalta

***

# Chapter 3

# उम्मीद/Ummeed

उम्मीद/ आशा/ हौसला/ आरज़ू कुछ भी नाम दे सकते हैं...कहते हैं जो काम तलवार से ना हो वो प्यार कर सकता है। मोहब्बत ना सिर्फ़ अपनी कामयाबी की पताका लिए दौड़ती है बल्कि ज़िंदगी के हर पहलू, हर संघर्ष के लिए तैयार कर देती है...

*आप ऐसी मशाल बन जाते हैं जिसकी रोशनी कितनों को उजाला देती है... आवाज़ में धमक आ जाती है आँखों में चमक आ जाती है, कुछ मुश्किल, कुछ नामुमकिन नहीं लगता*

आप सुरंग के दूसरे छोर से आती रोशनी की एक लड़ी को पकड़ लेते हैं
प्यार में दीवाने से ज़्यादा आशावादी कोई नहीं होता...
प्यार पंख भी देता है और उड़ने का हौसला भी...
प्यार नज़र भी देता है और नज़रिया भी...
प्यार छलांग लगाने की वजह भी देता है और जिगर भी

मोहब्बत इरादों में ताक़त और वक्त की नज़ाकत भी समझा देती है...और इस समझ को ज़िंदगी के किसी भी आयाम में इस्तेमाल कर सकते हैं...
देखना चाहेंगे?

Ummeed/asha/hausla/aarzoo kuchh bhi naam de sakte hain...kehte hain jo kaam talvaar se na ho wo pyar kar sakta hai. Mohabbat na sirf apni kamyaabi ki pataka liye daudti hai balki zindagi ke har pehloo, har sangharsh ke liye taiyaar kar deti hai

*aap aisi mashaal bann jate hain jiski roshni kitno ko ujala deti hai...awaaz mein dhamak aa jati hai...aankhon mein chamak aa jati hai...kuch mushkil, kuchh namumkin nahi lagta...*

aap surang ke doosre chhor se aati roshni ki ek ladi pakad lete hain
pyar mein diwane se zyada aashavadi koi nahi hota
pyar pankh bhi deta hai aur udne ka hausla bhi
pyar nazar bhi deta hai aur nazariya bhi
pyar chhalaang lagane ki vajah bhi deta hai aur jigar bhi
mohabbat iraadon mein takat aur waqt ki nazakat bhi samjha deti hai...aur iss samajh ko zindagi ke kisi bhi aayaam mein istemaal kar sakte hain
dekhna chahenge?

## एक जादू और चला दे

जो इत्तेफ़ाक से मिला मुक़द्दर में दिला दे
तेरा क्या जाता है एक जादू और चला दे
हक़ीक़तों के शोर से आँख खुल गयी
ख़्वाब पूरा कर लूँ गहरी नींद सुला दे

क़यामत के दिन मेरे गुनाह गिन लेना
आज तो मेरी नेकियों का सिला दे

जाम दवा ज़हर क्या फ़र्क़ पड़ता है
तेरे हाथ से पीना है जो चाहे पिला दे

ये मेरी शह और मात आख़री नहीं
तेरी बिसात है बस मोहरे हिला दे

हाँ तेरा लिखा पत्थर पे लकीर है
और मेरी फ़रियाद पत्थर पिघला दे

***

## Ek Jadoo Aur Chala De

Jo ittefaak se mila muqaddar mein dila de
Tera kya jata hai ek jadoo aur chala de
Haqeeqaton ke shor se aankh khul gayi
Khwaab poora kar lu gehri neend sula de

Qayamat ke din mere gunaah gin lena
Aaj to meri nekiyon ka sila de

Jaam dawa zehar kya fark padta hai
Tere haath se peena hai jo chahe pila de

Ye meri sheh aur maat aakhari nahi
Teri bisaat hai bas mohre hila de

Haan tera likha patthar pe lakeer hai
Aur meri fariyad patthar pighla de

***

दिल बड़ा रख के ख़्वाब पाला जाता है
कुछ भी हो सकता है जब सिक्का उछाला जाता है
क़ीमत बढ़ानी हो तो ढलना ही पड़ता है
सोना यूँ ही नहीं आग में डाला जाता है

Dil bada rakh ke khwaab paala jata hai
Kuch bhi ho sakta hai jab sikka uchhala jata hai
Keemat badhani ho to dhalna hi padta hai
Sona yun hi nahi aag mein daala jata hai

..............................................

अंधेरे को उसकी औक़ात दिखा देता है
उजालों का ज़िम्मा एक जुगनु उठा लेता है
रोशनी हो या कस्तूरी सब अंदर ही होता है
बस मुश्किल वक्त उसका पता बता देता है

Andhere ko uski aukaat dikha deta hai
Ujalon ka zimma ek jugnu utha leta hai
Roshni ho ya kasturi sab andar hota hai
Bas mushkil waqt uska pata bata deta hai

..............................................

देखें कबतक वक्त की मेहरबानी नहीं होती
बस इन लकीरों के आगे मनमानी नहीं होती
इंतज़ार इश्क़ में बरकतें अदा करता है
सपने बूढ़े नहीं होते क़समें पुरानी नहीं होती

Dekhein kab tak waqt ki meherbani nahi hoti
Bas lakeeron ke aage manmaani nahi hoti
Intezaar ishq mein barkatein adaa karta hai
Sapne boodhe nahi hote kasme purani nahi hoti

***

जो हक़ में थी हवाएँ ख़िलाफ़ कर दो
नयी खुदमुखतारियों का इंसाफ़ कर दो
अपनी मर्ज़ी चलना गिरना फ़ना होना
दम घुटता है पनाहो में माफ़ कर दो

Jo haq mein thi hawayein khilaaf kar do
Nayi khudmukhtariyon ka insaaf kar do
Apni marzi chalna girna fanaa hona
Dum ghut ta hai panahon mein maaf kar do

.................................................

तारीख़ से पूछ लो मेरा मुस्तकबिल क्या होगा
आज जितना बिखरूँगा कल उतना ही निखरूँगा मैं

Tareekh se pooch lo mera mustaqbil kya hoga
Aaj jitna bikhrunga kal utna hi nikhrunga main

.................................................

उठ मेरे सपने अपने पैरों पर खड़ा हो जा
बहुत पला मेरी आग़ोश में अब बड़ा हो जा
ये दुनिया हालात ये वक़्त मुक़ाबिल हैं तेरे
काँच को पत्थर से लड़ना है कड़ा हो जा

Uth mere sapne apne pairon par khada ho ja
Bahut pala meri aagosh mein ab bada ho ja
Ye duniya halaat ye waqt muqabil hain tere
Kaanch to patthar se ladna hai kada ho ja

***

बीज हूँ, पूरा पेड़ लिए बैठा हूँ कोख में
मैं क्या हूँ और क्या हो सकता हूँ, फ़र्क़ है

Beej hoon, poora ped liye baitha hoon kokh mein
Main kya hoon aur kya ho sakta hoon, fark hai

.....................................................

माना कि कोई सफ़र आसान नहीं होता
तैरने का हुनर हो तो समंदर अनजान नहीं होता
आसमाँ क्या है जब जी चाहेगा छू लेंगे
परिंदा ऊपर देखकर परेशान नहीं होता

Maana ki koi safar asaan nahi hota
Tairne ka hunar ho to samandar anjaan hai hota
Aasmaan kya hai jab jee chahega chhoo lenge
Parinda oopar dekhkar pareshan nahi hota

.....................................................

उजाले की सलाहियत थी मिट्टी के दीये में
पर चिराग़ रौशन हुआ जब तेरी लौ मिली

Ujale ki salahiyat thi mitti ke diye mein
Par charaag roshan hua jab teri lau mili

.....................................................

मिट्टी का है घड़ा पर कड़ा होना पड़ता है
गिरो सौ दफ़ा हर बार खड़ा होना पड़ता है
गिले शिकवे रंजिशें मुझे बौना बनाती हैं
छोटी बातें भूलनी हों तो बड़ा होना पड़ता है

Mitti ka hai ghada par kada hona padta hai
Giro sau dafa har baar khada hona padta hai

Gile shikve ranjishein mujhe bauna banati hain
Chhoti baatein bhoolni ho to bada hona padta hai

.....................................................

रवायतें तोड़ना रिवाज़ों को बदलना है
ज़िंदगी रीत नहीं गीत है मचलना है
सिर्फ़ तुम्हारा नहीं मंज़िल के कई रास्ते हैं
मुझे गिरना संभलना पर ख़ुद चलना है

Rawayetein todna riwazon ko badalna hai
Zindagi reet nahi geet hai machalna hai
Sirf tumhara nahi manzil ke kai raaste hain
Mujhe girna sambhalna par khud chalna hai

.....................................................

पँख हैं, पैरों के निशाँ मेरे वास्ते नहीं होते
मुझे उड़ना है आसमानों पर रास्ते नहीं होते

Pankh hain, pairon ke nishan mere vaaste nahi hote
Mujhe udna hai aasmano par raaste nahi hote

.....................................................

सहमा हूँ मैं, ठहरा नहीं
हदों में हूँ, पहरा नहीं
कूदूँगा, ज़रा इंतज़ार में हूँ
पानी तो है, गहरा नहीं

Sehma hoon main, thehra nahi
Hadon mein hoon, pehra nahi
Kudoonga, zara intezaar mein hoon
Paani to hai, gehra nahi

***

मेरे दिलदार परिंदे...तू पंख फड़फड़ाते रहना.....
तेरी उड़ान का इंतज़ार आसमान को भी है

Mere dildaar parinde tu pankh fadfadate rehna
Teri udaan ka intezaar aasmaan ko bhi hai

...................................................

रेंगने की आदत से पंख मुरझा जाते हैं
ये परिंदे दीवार फाँदने में भी घबराते हैं
कोई रोग कोई कमी कहाँ रोक पायी है
ज़हन से अपाहिज ही बहाने बनाते हैं

Rengne ki aadat se pankh murjha jaate hain
Ye parinde deewar faandne mein bhi ghabrate hain
Koi rog koi kami kahan rok payi hai
Zehen se apahij hi bahane banate hain

...................................................

अब आज़मा ही रहे हो तो मुक़ाबला कड़ा कर दो
मैं पूरी तैयारी से आया हूँ जिसे चाहे खड़ा कर दो
मेरी उड़ान देख कर कहीं शर्मिंदा ना हो जाए
फ़रिश्तो ये आसमान थोड़ा और बड़ा कर दो

Ab aazma hi rahe ho to muqabla kada kar do
Main poori taiyari se aaya hoon jise chahe khada kar do
Meri udaan dekh kar kahin sharminda na ho jaye
Farishto ye aasmaan thoda aur bada kar do

***

तूफ़ाँ ने डुबोया ज़रूर लेकिन सब दाग़ धुल गए
वक़्त ने बैसाखियाँ छीन ली तो मेरे पर खुल गए

Toofan ne duboya zuroor lekin sab daag dhul gaye
Waqt ne baisakhiyan chheen li to mere par khul gaye

***

## बरस ही गया है तो सैलाब होने दो

बरस ही गया है तो सैलाब होने दो
ख़्वाहिशों को फिर से बेताब होने दो
सलीके से उम्र गुज़ारी है फीकी सी
ख़राब होने में मज़ा है तो ख़राब होने दो

कब तक महरूम रखें मौज-ए-बहार से
दिल खिलने के लिए है गुलाब होने दो

क़सम है ना रह पाए कोई होश में
सारे शहर का पानी शराब होने दो

कई गुस्ताखियों की गुंजाइश निकल आएगी
ज़रा मेरी नेकियों का हिसाब होने दो

और नहीं छुपानी ये मायूसियाँ आँखों में
अब मुस्कुराहट को मेरा नक़ाब होने दो

ना पढ़ना है अब किसी दूजे का फ़लसफ़ा
अपने ही हर तजुर्बे को किताब होने दो

ये सहमी गुमनाम कामयाबी नहीं गवारा
अब शिकस्त भी होगी तो लाजवाब होने दो

***

## Baras Hi Gaya Hai To Sailaab Hone Do

Baras hi gaya hai to sailaab hone do
Khwaishon ko fir se betaab hone do
Saleeke se umr guzari hai feeki si
Kharaab hone mein maza hai to kharaab hone do

Kab tak mehroom rakhein mauj-e-bahaar se
Dil khilne ke liye hai gulaab hone do

Kasam hai na reh paye koi hosh mein
Sare shehar ka pani sharaab hone do

Kai gustakhiyon ki gunjaish nikal ayegi
Zara meri nekiyon ka hisaab hone do

Aur nahi chhupani ye mayoosiyan aankhon mein
Ab muskurahat ko mera niqaab hone do

Na padhna hai ab kisi dooje ka falsapha
Apne hi har tajurbe ko kitaab hone do

Ye sehmi gumnam kamyabi nahi gawara
Ab shikast bhi hogi to lajwaab hone do

***

अकेला उम्मीद की भनक लिए खड़ा है
अंधेरे में सतरंगी धनक लिए खड़ा है
बेरहम वक्त ने उसके पाँव छीन लिए
फिर भी घुँघरू की खनक लिए खड़ा है

Akela ummeed ki bhanak liye khada hai
Andhere mein satrangi dhanak liye khada hai
Bereham waqt ne uske paanv chheen liye
Phir bhi ghungroo ki khanak liye khada hai

……………………………………………

आज कैसा भी हो कल की हिम्मत टूटती नहीं
बुरे वक्त में मुस्कुराओ तो क़िस्मत रूठती नहीं
चट्टानों की दरारों में एक फूल बना देता हूँ
आदत उम्मीद की ऐसी लगी कि छूटती नहीं

Aaj kaisa bhi ho kal ki himmat toot ti nahi
Burey waqt mein muskurao to kismat roothti nahi
Chattano ki dararon mein ek phool bana deta hoon
Aadat ummeed ki aisi lagi ki chhoot ti nahi

***

इसी डगर को रोशन करते
सूरज चंदा जलते हैं
इसी डगर पे सुबह की उँगली
थाम के हम तुम चलते हैं
इसी डगर है आज के पाँव
बीते कल की परछाई है
इसी डगर पे आने वाले
कल के सपने पलते हैं

Isi dagar ko roshan karte
Sooraj chanda jalte hain
Isi dagar pe subah ki ungli
Thaam ke hum tum chalte hain
Isi dagar hai aaj ke paanv
Beete kal ki parchhai hai
Isi dagar pe aane wale
Kal ke sapne palte hain

.........................................................

दिल ने जो कमाया है सब खर्च करना है
अंदर ही आईना है सब उतार संवरना है
ना भरके ना डरके ना जरके सब करके
खुल के जीना है ख़ाली होके मरना है

Dil ne jo kamaya hai sab kharch karna hai
Andar hi aaina hai sab utaar sanwarna hai
Na bhar ke na darr ke na jar ke sab kar ke
Khul ke jeena hai khaali ho ke marna hai

***

ऐ ख़ुदा मेरी सब हवाओं को आँधी कर दे
बहुत प्यासा हूँ अब बूँदा बाँदी कर दे
इस बाज़ार में सब सामान क़ीमती है
ले मेरी पीतल की डिबिया इसे चाँदी कर दे

Ae khuda meri sab hawaon ko aandhi kar de
Bahut pyaasa hoon ab boonda baandi kar de
Iss bazaar mein sab samaan keemti hai
Le meri peetal ki dibiya ise chandi kar de

……………………………………………

कितने ख़्वाबों की तस्वीरें हैं
अब जीवन के रंग भर दो ना
कितने ख़यालों की लकीरें हैं
अब हक़ीक़त की मोहर दो ना
मेरा आशियाँ अंबर के पार है
अब उड़ने की बारी पर दो ना
कितने तन्हा गीत हैं पन्नों पर
अब मिलन संगीत स्वर दो ना
जो सोचा वो सब कह डाला
अब बाक़ी उम्र सब कर दो ना

Kitne khwabon ki tasveerein hain
Ab jeevan ke rang bhar do na
Kitne khayalon ki lakeerein hain
Ab hakikat ki mohar do na
Mera aashiyan ambar ke paar hai
Ab udne ki baari par do na
Kitne tanha geet hain panno par
Ab milan sangeet swar do na
Jo socha wo sab keh daala
Ab baaki umr sab kar do na

## कल मंज़िल मिलेगी... आज रास्ता ज़रूर

हर साँस कहे अब ज़िंदा हूँ मैं
मेरा आसमाँ बुलाए परिंदा हूँ मैं...
जाना है दूर... बहुत दूर
कल मंज़िल मिलेगी... आज रास्ता ज़रूर
कल मंज़िल मिलेगी... आज रास्ता ज़रूर

खुली आँखों से सोया हुआ था
मैं अपनी धुँध में खोया हुआ था
फिर धीरे से अंदर हलचल हुई
सोई नदी में कल कल हुई
मेरे कदमों की धमक से राहें खुली
नज़र में चमक से परछाइयाँ धुली
मेरे माथे पड़ी सहर की किरण
आईना कहे तू बन में हिरण
एक लम्बी छलांग की तैयारी में हूँ
मैं फलक लांघने की खुमारी में हूँ
प्यादों की भीड़ में बाशिंदा हूँ मैं
हर साँस कहे अब ज़िंदा हूँ मैं
मेरा आसमाँ बुलाए परिंदा हूँ मैं...
जाना है दूर... बहुत दूर
कल मंज़िल मिलेगी... आज रास्ता ज़रूर
कल मंज़िल मिलेगी... आज रास्ता ज़रूर

कैसे बताऊँ जो मन में उमड़ रहा है
शायद मुझे मेरा नशा चढ़ रहा है
रंग ऐसे भरूँ तस्वीरें बदल दूँगा
मुट्ठी बांध लूँ तो लकीरें बदल दूँगा
समंदर मेरे जिगर से आंक लेना
सितारे मेरी आँखों में झाँक लेना

## Kal Manzil Milegi... Aaj Rasta Zaroor

Har saans kahe ab zinda hoon main
Mera aasmaan bulaye parinda hoon main...
Jana hai door... Bahut door
Kal manzil milegi... Aaj rasta zaroor
Kal manzil milegi... Aaj rasta zaroor

Khuli aankhon se soya hua tha
Main apni dhundh mein khoya hua tha
Fir dheere se andar halchal hui
Soi nadi mein kal kal hui
Mere kadmon ki dhamak se raahein khuli
Nazar mein chamak se parchhaiyan dhuli
Mere maathe padi sehar ki kiran
Aaina kahe tu bann mein hiran
Ek lambi chhalaang ki taiyaari mein hoon
Main falak laanghne ki khumari mein hoon
Pyadon ki bheed mein bashinda hoon main
Har saans kahe ab zinda hoon main
Mera aasmaan bulaye parinda hoon main...
Jana hai door... Bahut door
Kal manzil milegi... Aaj rasta zaroor
Kal manzil milegi... Aaj rasta zaroor

Kaise batau jo mann mein umad raha hai
Shayad mujhe mera nasha chadh raha hai
Rang aise bharu tasveerein badal doonga
Mutthi baandh loon to lakeerein badal doonga
Samandar mere jigar se aank lena
Sitaare meri aankhon mein jhaank lena

मन बेताब है आग़ाज़ कर
हवा चल पड़ेगी परवाज़ कर
जहां हौसले मेरी दास्ताँ लिखेंगे
वहीं कामयाबियों के निशाँ दिखेंगे
इस मुक़द्दर के खेल में करिंदा हूँ मैं
हर साँस कहे अब ज़िंदा हूँ मैं
मेरा आसमाँ बुलाए परिंदा हूँ मैं...
जाना है दूर... बहुत दूर
कल मंज़िल मिलेगी... आज रास्ता ज़रूर
कल मंज़िल मिलेगी... आज रास्ता ज़रूर

***

Mann betaab hai aagaaz kar
Hawa chal padegi parwaaz kar
Jahan hausle meri dastaan likhenge
Vahin kaamyabiyon ke nishaan dikhenge
Iss muqaddar ke khel mein karinda hoon main
Har saans kahe ab zinda hoon main
Mera aasmaan bulaye parinda hoon main...
Jana hai door... Bahut door
Kal manzil milegi... Aaj rasta zaroor
Kal manzil milegi... Aaj rasta zaroor

***

# Chapter 4

# बिरहा/ Birha

इंतज़ार, तड़प और आंसू इश्क़ का श्रिंगार हैं, ये इसकी क़ीमत बढ़ा देते हैं...इसे अनमोल कर देते हैं, याद में बहाए आंसू और फ़रियाद में की गयी पुकार सीधा परवरदिगार तक पहुँचती है

*"मैं अपने दिल की दुनिया सजाऊँ भी तो कैसे*
*जो मेरे दिल में है दुनिया में किसी और का है "*

अगर आपने भी ऐसी मोहब्बत की है फिर तो बिरहा एक दौर ना होकर मुक़द्दर हो जाता है...फिर बिरहा ही मंगेतर है और वही दुल्हन भी

जितना कड़ा इम्तिहान इस इश्क़ में होता है और कहीं नहीं, रोज़ दिल बहलाना, रोज़ दिल टूटना... रोज़ ख़्वाब बुनना, रोज़ बिखरे ख़्वाब चुनना.

ये दूरी, ये मजबूरी ही आपके प्यार को प्रेम का दर्जा देती है। ये तन से जुदा मन की गहराइयों का सफ़र है
अब गहराई है तो डूबने का डर भी रहता है
मन कभी छटपटाता है, कभी रूठ जाता है। ये बिना मंज़िल का रास्ता है पर क्या करें कुछ ऐसा ही वास्ता है

एक दिन दिल कायनात का शुक्रिया अदा करता है कि इतनी नायाब, इतनी शानदार मोहब्बत करने का मौक़ा दिया और दूसरे दिन शिकायत भी करता है कि अगर मिलना लिखा था तो मिल जाना क्यों नहीं?

जो आपके लिए बना हो लेकिन आपका हो नहीं सकता और फिर भी उसके लिए प्रेम की शिद्दत ऐसी कि मानो साँसे उसकी ही जान में अटकी हों.

आईए मेरे साथ राधा की प्रेम पीड़ा समझें

Intezar, tadap aur ansoo ishq ka shringaar hain, ye iski keemat badha dete hain...ise anmol kar dete hain...yaad mein bahaye aansoo aur fariyaad mein ki gayi pukaar seedha parvardigaar tak pahunchti hai

*"Main apne dil ki duniya sajaun bhi to kaise*
*Jo mere dil mein hai duniya mein kisi aur ka hai"*

agar aapne bhi aisi mohabbat ki hai to phir birha ek daur na hokar muqaddar ho jata hai. phir birha hi mangetar hai aur wahi dulhan bhi

jitna kada imtihaan iss ishq mein hota hai aur kahin nahi. Roz khwab bun na roz bikhre khwab chun na

ye doori, ye majboori hi aapke pyar ko prem ka darja deti hai. Ye tan se juda mann ki gehrayion ka safar hai. Ab gehraii hai to doobne ka darr bhi rehta hai. Mann bhi chhatpatata hai, kabhi rooth jata hai...ye bina manzil ka raasta hai par kya karein kuchh aisa hi vaasta hai

ek din dil kaynaat ka shukriya ada karta hai ki itni nayaab, itni shandaar mohabbat karne ka mauka diya aur doosre din shikayat bhi karta hai ki agar milna likha tha to mil jana kyun nahi

jo aapke liye bana ho lekin aapka ho nahi sakta aur phir bhi uske liye prem ki shiddat aisi ki maano saanse uski hi jaan mein atki ho

aaiye mere saath radha ki prem peeda samjhein

## धूप को सदा छिप कर ही देखा

धूप को सदा छिप कर ही देखा
सहमा उजाला रात में रखा है
ख़्वाहिशों ने कभी हिमाक़त नहीं की
ज़रूरतों ने इन्हें औक़ात में रखा है

तुझे पर्दे का शौक़ है तो मेरी क़लम छीन ले
तेरी तस्वीर बनाने का हुनर मेरी हर बात में रखा है

ये दिल जिसकी सौग़ात था वहाँ महफ़ूज़ है
जो यहाँ धड़कता है कोई ले जाए ख़ैरात में रखा है

मिलता हूँ ख़्वाबों में ख़यालों में शायरी में और डायरी में
तो अब बताओ क्या तस्वीर में क्या मुलाक़ात में रखा है

डर के पन्ने, फ़िक्र की स्याही, कश्मकश के लिफ़ाफ़े
मेरी शिकस्त का सामान पक्के काग़ज़ात में रखा है

ख़ता की इश्क़ में अब सज़ा-याफतॉ हूँ
आरज़ू सलीब पर हौसला हवालात में रखा है

***

## Dhoop Ko Sadaa Chhip Kar Hi Dekha

Dhoop ko sadaa chhip kar hi dekha
Sehma ujala raat mein rakha hai
Khwaishon ne kabhi himakat nahi ki
Zaruraton ne inhe aukaat mein rakha hai

Tujhe parde ka shauq hai to meri kalam chheen le
Teri tasveer banane ka hunar meri har baat mein rakha hai

Ye dil jiski saugaat tha vahan mehfooz hai
Jo yahan dhadkta hai koi le jaye khairaat mein rakha hai

Milta hoon khwabon mein khayalon mein shayri mein aur diary mein
To ab batao kya tasveer mein kya mulaqat mein rakha hai

Darr ke panne, fikr ki syaahi, kash-m-kash ke lifafe
Meri shikast ka samaan pakke kagzaat mein rakha hai

Khataa ki ishqa mein ab saza-yaafta hoon
Aarzoo saleeb par hausla hawalaat mein rakha hai

***

मौसम एक सा है मेरी आँखों में तुम्हारी भी
बादल बरसें भी ना और हो पूरी तैयारी भी
यूँ तो ठीक सा ही जी रहा हूँ तेरे बिना मैं
कुछ मलाल एक कसक थोड़ी बेक़रारी भी

Mausam ek sa hai meri aankhon mein tumhari bhi
Baadal barsein bhi na aur ho poori taiyari bhi
Yun to theek sa hi jee raha hoon tere bina main
Kuch malaal ek kasak thodi bekarari bhi

……………………………………………

दिल की मर्ज़ी है मर्यादा नहीं हो सकती
सच्चे प्रेम में दूरी बाधा नहीं हो सकती
कौन किसके कितना क़रीब है किसको पता
रुक्मिणी कृष्ण संग पर राधा नहीं हो सकती

Dil ki marzi hai maryada nahi ho sakti
Sacche prem mein doori baadha nahi ho sakti
Kaun kiske kitna kareeb hai kisko pata
Rukmini krishna sang par radha nahi ho sakti

……………………………………………

चाँद बादलों में रहा चाँदनी की कशिश रही
शाम कुछ ऐसे ढली कि धूप की तपिश रही
ना मिलता तो समझ लेता मुक़द्दर में नहीं है
वो मिला मगर मेरा ना हुआ ये ख़लिश रही

Chaand baadlon mein raha chandni ki kashish rahi
Shaam kuchh aise dhali ki dhoop ki tapish rahi
Na milta to samajh leta muqaddar mein nahi hai
Wo mila magar mera na hua ye khalish rahi

***

मैंने कहा
"दिल में हो तो मिलने की आस नहीं होती?
क्या पानी में मछली की प्यास नहीं होती?"
वो बोली
"इश्क़ में मचलना वजूद है लहरों का
चाँद से मीलों दूर पर उदास नहीं होती"

Maine kaha
"Dil mein ho to milne ki aas nahi hoti?
Kya paani mein machhli ki pyaas nahi hoti?"
Wo boli
"Ishq mein machalna wajood hai lehron ka
Chand se meelon door par udaas nahi hoti"

..................................................

जो रूहों से बंधे हों बसेरों से नहीं
ऐसी मोहब्बत में हिज्र का गिला नहीं होता
बंदगी पायदारी में होती है बुलंदी से नहीं
हर बुनियाद के हिस्से में क़िला नहीं होता

Jo ruhon se bandhe ho baseron se nahi
Aisi mohabbat mein hijr ka gila nahi hota
Bandagi paydari mein hoti hai bulandi se nahi
Har buniyad ke hisse mein kila nahi hota

***

अकेला हूँ फिर भी किसी क़तार में हूँ
अगर ये मंज़िल है मैं किस इंतज़ार में हूँ
जिसका हो चुका हूँ शायद साथ ले भी जाए
मैं बिका हुआ सामान खुले बाज़ार में हूँ

Akela hoon phir bhi kisi kataar mein hoon
Agar ye manzil hai main kis intezaar mein hoon
Jiska ho chuka hoon shayad saath le bhi jaye
Main bika hua samaan khule bazaar mein hoon

.................................................

क्या पता किस पन्ने कौनसी क़िस्त में हैं
बस इतना ही काफ़ी है तेरी फ़ेहरिस्त में हैं

Kya pata kis panne kaunsi kist mein hain
Bas itna hi kaafi hai teri fehrist mein hain

.................................................

वो हाज़िर तो है पर शामिल नहीं है
वो धड़कता तो है पर दिल नहीं है
करार सिर्फ़ तेरी सोहबत में मिले मुझे
तेरे बिना कोई महफ़िल महफ़िल नहीं है

Wo haazir to hai par shaamil nahi hai
Wo dhadakta to hai par dil nahi hai
Karaar sirf teri sohbat mein mile mujhe
Tere bina koi mehfil mehfil nahi hai

***

तू आँखों से पढ़ ले होठों से कह नहीं सकती
चलती हूँ संभल चाह कर भी बह नहीं सकती
तेरी दीवानगी मेरी रूह का गुलिस्ताँ है
सुकून बहुत है इस घर में हाय रह नहीं सकती

Tu aankhon se padh le hothon se keh nahi sakti
Chalti hoon sambhal chah kar bhi beh nahi sakti
Teri diwangi meri ruh ka gulistan hai
Sukoon bahut hai is ghar mein haye reh nahi sakti

.....................................................

दूरी है लाज़मी बताओ कि तुमसे मिलूँ ना मिलूँ
फिर भड़क जाती है मोहब्बत कि तुमसे मिलूँ ना मिलूँ
बंद है आज शहर तो चलो मुश्किल हल हो गयी
टल गयी ये कश्मकश कि तुमसे मिलूँ ना मिलूँ

Doori hai lazmi batao ki tumse milu na milu
Phir bhadak jati hai mohabbat ki tumse milu na milu
Band hai aaj shehar to chalo mushkil hal ho gayi
Tal gayi ye kash-m-kash ki tumse milu na milu

.....................................................

जब तुम सावन थी
हमें प्यास कुछ और थी
अब हम बरस रहे हैं
तुम्हें आस कुछ और है

Jab tum sawan thi
Humein pyaas kuchh aur thi
Ab hum baras rahe hain
Tumhe aas kuchh aur hai

***

अंदर कुछ तो है जो सहा नहीं जा रहा
होंठ भी उलझन में कहा नहीं जा रहा
मुझे डूब कर दरिया पार करना आता है
मझधार में लहरों पर बहा नहीं जा रहा

Andar kuchh to hai jo saha nahi ja raha
Honth bhi uljhan mein kaha nahi ja raha
Mujhe doob kar dariya paar karna aata hai
Majdhaar mein lehron par baha nahi ja raha

.....................................................

दिया बहुत मुक़द्दर ने पर ये इल्ज़ाम लगता है
जो तू ना हुआ मेरा बाक़ी इंतेजाम लगता है
ये जानते हुए कब तक जुदा सफ़र में रहूँ
कि तू ही मेरा आग़ाज़ तू ही अंजाम लगता है

Diya bahut muqaddar ne par ye ilzaam lagta hai
Jo tu na hua mera baaki intezaam lagta hai
Ye jaante hue kab tak juda safar mein rahu
Ki tu hi mera agaaz tu hi anjaam lagta hai

.....................................................

आज दर्द को ही दवा होने दो
आज आग को भी हवा होने दो
ये बेक़रारियों हमें पूरा करती हैं
आधे हम आधे तुम सवा होने दो

Aaj dard ko hi dawa hone do
Aaj aag ko bhi hawa hone do
Ye bekarariyan humein poora karti hain
Aadhe hum aadhe tum sawa hone do

***

दरिया की गहराई नाप मरने चले थे
नादान हदों में इश्क़ करने चले थे
रूह भी गंवा दो यहाँ तो दिल ना भरे
ये बस होश गंवा दिल भरने चले थे

Dariya ki gehraai naap marne chale the
Nadaan hadon mein ishq karne chale the
Ruh bhi gawa do yahan toh dil na bhare
Ye bas hosh gawa dil bharne chale the

..................................................

बहुत मिला, जो रह गया मगर बेहतर था
इधर कमी ना थी पर जो था उधर बेहतर था
हसरतें और शिकायतें कहाँ ख़त्म होती हैं
मंज़िल मिल गयी तो लगा सफ़र बेहतर था

Bahut mila, jo reh gaya magar behtar tha
Idhar kami na thi par jo tha udhar behtar tha
Hasratein aur shikaytein kahan khatm hoti hain
Manzil mil gayi to laga safar behtar tha

..................................................

प्यार हमने किया है तूने सिर्फ़ करते देखा है
दर्द हमने लिया है तूने सिर्फ़ जरते देखा है
मेरे जनाज़े में तू एक तमाशाई है मेरे दोस्त
हमने मरके देखा है तूने सिर्फ़ मरते देखा है

Pyar humne kiya hai tune sirf karte dekha hai
Dard humne liya hai tune sirf jarte dekha hai
Mere janaze mein tu ek tamashaai hai mere dost
Humne marke dekha hai tune sirf marte dekha hai

***

किनारों पे महफ़ूज़ रहे ना डूबे ना पार निकले
इश्क़ करने के लिए हम बहुत समझदार निकले

Kinaron pe mehfooz rahe doobe na paar nikle
Ishq karne ke liye hum bahut samajhdaar nikle

.....................................................

वो इस तरह अपनी नज़र उतार लेती है
कुछ आँसू गिराकर चेहरा निखार लेती है.

Wo iss tarah apni nazar utaar leti hai
Kuchh aansoo girakar chehra nikhaar leti hai

.....................................................

गुफ़्तगू में कितनी आसानी होती है
आँसुओं से कहाँ बदज़ुबानी होती है
लफ़्ज़ों को ना तहज़ीब है ना सलीका
क्या बात बतानी क्या छुपानी होती है

Guftgu mein kitni aasani hoti hai
Aansuon se kahan badzubani hoti hai
Lafzon ko na tehzeeb na saleeka
Kya baat batani kya chhupani hoti hai

***

रेत में चमकते हैं मोती
जो समंदर ने उछाल रखे हैं
तेरी आँखों से छलके आंसू
मैंने सीने में सम्भाल रखे हैं

Ret mein chamkte hain moti
Jo samandar ne uchhal rakhe hain
Teri aankhon se chhalke aansoo
Maine seene mein sambhaal rakhe hain

***

## पत्थर दिल नहीं हूँ दिल पे पत्थर रखा है

बेरुख़ी नहीं वक़्त ने बेबस इस क़दर रखा है
आँखों से छलकने को है दर्द इतना भर रखा है
काश मेरे दिल की हालत तू भी कभी समझे
पत्थर दिल नहीं हूँ दिल पे पत्थर रखा है

तेरी मोहब्बत के निशाँ मेरे दिल की सरज़मीं पर है
काँटों भरा रास्ता फूलों से ढककर रखा है

तेरे जाने से दिल ख़ाली मकान ही हो जाता
यादों ने सजाया है इसे आबाद घर रखा है

तुझे पाने की तेरा होने की दुआ क़ुबूल ना हुई
देखें तुझे भूलने की दुआ में क्या असर रखा है

ये ज़रूरी नहीं हर अफ़साना अभी मुकम्मल हो
अधूरी कहानियों ने सदियों तक सबर रखा है

***

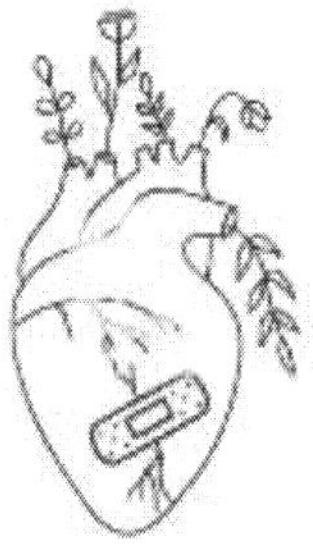

## Patthar Dil Nahi Hoon Dil Pe Patthar Rakha Hai

Berukhi nahi waqat ne bebas iss kadar rakha hai
Aankhon se chhalakne ko hai dard itna bhar rakha hai
Kaash mere dil ki haalat tu bhi kabhi samjhe
Patthar dil nahi hoon dil pe patthar rakha hai

Teri mohabbat ke nishaan mere dil ki sarzameen par hain
Kaanton bhara rasta phoolon se dhak kar rakha hai

Tere jaane se dil khaali makaan hi ho jaata
Yaadon ne sajaya hai ise abaad ghar rakha hai

Tujhe paane ki tera hone ki dua kubool na hui
Dekhen tujhe bhoolne ki dua mein kya asar rakha hai

Ye zaruri nahi har afsana abhi mukammal ho
Adhoori kahaniyon ne sadiyon sabar rakha hai

***

खुदा के बंदे नहीं बोलते इनकी आँखें बोलती हैं
मल्लाहों का दिल टूटता है तो कश्तियाँ डोलती हैं

Khuda ke bande nahi bolte inki aankhein bolti hain
Mallahon ka dil toot ta hai toh kashtiyan dolti hain

..................................................

जो दिल में है कभी आँखों से कहना भी सीख ले
समंदर तू गहरा तो है कभी बहना भी सीख ले

Jo dil mein hai kabhi aankhon se kehna bhi seekh le
Samandar tu gehra to hai kabhi behna bhi seekh le

***

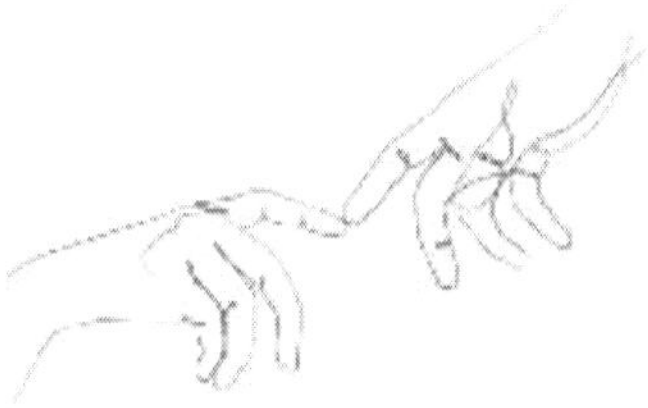

## शाम भी तेरे इंतज़ार में उदास हो गयी

देखा मुझे अकेला तो मेरे पास हो गयी
शाम भी तेरे इंतज़ार में उदास हो गयी
ये बरखा ये बादल कहने को सावन है
बूँदें गिरी होठों पर और प्यास हो गयी

कल शाम परिंदों को घर लौटता देखकर
एक बार तेरे आने की भी आस हो गयी

शिद्दत से चाहो तो कायनात साज़िश करती है
मैंने चाहा तो कायनात बदहवास हो गयी

वक्त ने बख्शा नहीं यादों की ताज़गी को
तेरी पुरानी तस्वीरों में कुछ खटास हो गयी

तड़प की नुमाइश बेअदब हो जाती है
मुस्कान तेरी याद का लिबास हो गयी

शायर हूँ कोई और जतन आता नहीं मुझे
ये ग़ज़ल ही मेरे दिल की भड़ास हो गयी

***

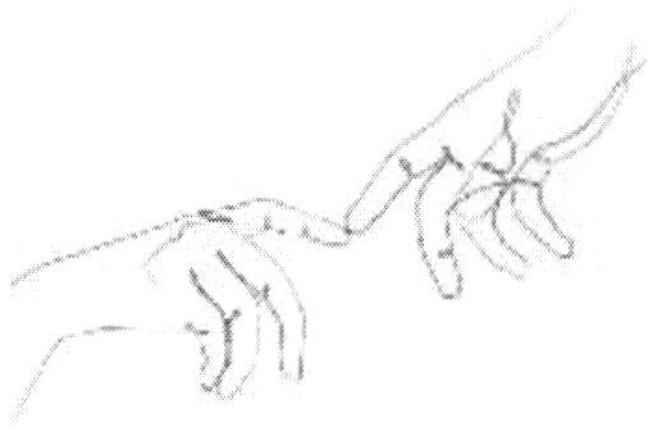

## Shaam Bhi Tere Intezaar Mein Udaas Ho Gayi

Dekha mujhe akela to mere paas ho gayi
Shaam bhi tere intezaar mein udaas ho gayi
Ye barkha ye baadal kehne ko sawan hai
Boondein giri hothon par aur pyaas ho gayi

Kal shaam parindo ko ghar laut ta dekhkar
Ek baar tere aane ki bhi aas ho gayi

Shiddat se chaho to kaynaat saazish karti hai
Maine chaha to kaynaat badhawaas ho gayi

Waqt ne bakhsha nahi yaadon ki taazgi ko
Teri purani tasveeron mein kuchh khataas ho gayi

Tadap ki numaish be-adab ho jati hai
Muskaan teri yaad ka libaas ho gayi

Shayar hoon koi aur jatan aata nahi mujhe
Ye ghazal hi mere dil ki bhadaas ho gayi

***

# Chapter 5

# मायूसी/Mayoosi

मेरे लिहाज़ से ये कहानी का सबसे मुश्किल दौर है। ये वो दौर है जो आपको तोड़ सकता है, ये वो पड़ाव है जो प्यार को पराजय से जोड़ सकता है
कहते हैं जीवन तभी तक है जब तक उम्मीद है। यहाँ उम्मीद सिसकियाँ ले रही होती है इसलिए जीवन भी दम मुश्किल से भरता है
इस काली रात की सुबह नहीं दिखती और एहसास होता है कि ना सूरज खुद उगा सकते हैं ना चाँदनी इख़्तियार में है...

इस उदासी में कभी शिकवा कभी शिकायत तो कभी जलन तो कभी चुभन

ये अपने ख़िलाफ़ छेड़ी गयी जंग जैसा है जिसमें शिकस्त पक्की है क्योंकि मन के हारे हार है और मन के जीते जीत
हारा हुआ मन ही हारा हुआ जीवन है

अगर आपका प्रेमी इस दौर में आपसे बेहतर ढंग से, मुस्कुराते हुए जीवन की डोर पकड़े हुए चलता रहता है तो उसे ही अपना ध्रुव तारा मान कर उसकी दिशा में और उसके दिखाए रास्ते पर चलते रहिए...

महसूस करना चाहेंगे कि दिल की अदालत में सब गवाहों और सबूतों की मौजूदगी में भी केस कैसे हारा जाता है?

Mere lihaz se ye kahani ka sabse mushkil daur hai... ye wo daur hai jo aapko tod sakta hai... ye wo padav hai jo pyar ko parajaya se jod sakta hai. Kehte hain jeevan tabhi tak hai jab tak umeed hai... yahan umeed siskiyaan le rahi hoti hai islie jeevan bhi dum mushkil se bharta hai...

Is kaali raat ki subah nahi dikhti... aur ehsaas hota hai ki na suraj khud uga sakte hai na chandni ikhtiyaar mein hai...

Is udaasi mein kabhi shikwa kabhi shikayat kabhi jalan to kabhi chubhan

Yeh apne khilaaf chhedi jang jaisa hai jismein shikast pakki hai... kyunki mann ke haare haar hai aur mann ke jeete jeet...

Haara hua mann hi haara hua Jeevan hai

Agar aapka premi is daur mein behtar dhang se, muskurate hue, jeevan ki dor pakde hue chalta rehta hai to usko hi apna dhruv taara maan kar uski disha mein aur uske dikhaye raste par chalte rahiye

Mehsoos karna chahenge... ki dil ki adalat mein sab gawahon aur sabooton ki maujoodgi mein bhi kaise case kaise haara jata hai?

## कहो ये कैसा प्यार करते हो...

कहो ये कैसा प्यार करते हो...
मुझे बेचैन ख़ुद को बीमार करते हो
इश्क़ में बंदगी तुम्हारी ज़रूरत है
मैं इंसां हूँ क्यों परवरदिगार करते हो

जैसे मैं चाहता हूँ तुम भी यूँ चाहो मुझे
जनाब चाहत में भी कारोबार करते हो

कल साथ हों इस फ़िक्र में आज खो गया
नक़दी के बाज़ार में उधार करते हो

वक्त साज़िश ना करता तो अजनबी रहते
और तुम वक्त से शिकवे हज़ार करते हो

लंबी फ़ेहरिस्त है उल्फ़त में इम्तिहानों की
पहले मरहले ही नतीजे का इंतज़ार करते हो

## Kaho Ye Kaisa Pyar Karte Ho

Kaho ye kaisa pyar karte ho
Mujhe bechain khud ko bemaar karte ho
Ishq mein bandagi tumhari zaroorat hai
Main insan hoon kyun parvardigaar karte ho

Jaise main chahta hoon tum bhi yun chaho mujhe
Janaab chahat mein bhi karobaar karte ho

Kal saath hon is fikr mein aaj kho gaya
Nakdi ke bazaar mein udhaar karte ho

Waqt saazish na karta to ajnabi rehte
Aur tum waqt se shikwe hazaar karte ho

Lambi fehrist hai ulfat mein imtihano ki
Pehle marhale hi natije ka intezaar karte ho

मुस्कुराहटें मोहब्बत में ख़ैरियत बख़्शती हैं
क्यों मायूसियों से इसे बेज़ार करते हो

मुझे दिल में ढूँढो हाथों की लकीरों में नहीं
रोज़ मुक़द्दर से शर्तें बेकार करते हो

ये रूह से ताल्लुक़ खुदा की नेमत है
क्यों आरज़ी रिश्तों में शुमार करते हो

पाने की ज़िद्द ही खोने का सबब है
यही एक गलती बार बार करते हो

***

Muskurahat mohabbat mein khairiyat bakhshti hai
Kyun mayoosiyon se ise bezaar karte ho

Mujhe dil mein dhoondo hathon ki lakiron mein nahi
Roz mukkadar se shartein bekaar karte ho

Yeh ruh se talluk khuda ki neymat hai
Kyun aarzi rishton mein shumaar karte ho

Paane ki zidd hi khone ka sabab hai
Yahi ek galti baar baar karte ho

***

फ़ैसला लिख दिया मगर सुनाया नहीं गया
इश्क़ तो किया मगर निभाया नहीं गया
दरिया ने कश्तियाँ भेजी थी हमारे लिए
हम किनारों के मुसाफ़िर पार जाया नहीं गया

Faisla likh diya magar sunaya nahi gaya
Ishq to kiya magar nibhaya nahi gaya
Dariya ne kashtiyan bheji thi hamare liye
Hum kinaron ke musafir paar jaya nahi gaya

.......................................................

लकीरों की हदों से बढ़ नहीं पाता
भिड़ता तो बहुत हूँ लड़ नहीं पाता
सपने वक्त और तू एक जैसे ही हैं
पहुँच में तो हैं मेरी पकड़ नहीं पाता

Lakiroon ki hadon se badh nahi pata
Bhidta to bahut hoon lad nahi pata
Sapne waqt aur tu ek jaise hi hain
Pahunch mein to hain meri pakad nahi pata

***

# मुट्ठी भर रेत

वक्त और साँसें... रेत की तरह भरी हैं मुट्ठी में... और हैं भी बस मुट्ठी भर ही...
कभी मन कहता है मुट्ठी ज़ोर से बंद रखूँ... रोक लूँ... थाम लूँ... पर दम घुटता है मुट्ठी बांध कर...
कभी जी चाहता है खोल दूँ... पर खुलने पर तो ख़ाक है...
कैसे रखूँ सम्भाल कर...
रिसती है ये रेत... हर पल... हर साँस...और मैं उसे तकता रहता हूँ.....
और फिर मैं तुम्हें देखता हूँ...
तुम्हारी मुट्ठी में भी रेत है... वक्त की... साँसों की...
वो भी रिसती है...
पर ना तुम उसको तकती हो... ना थकती हो... बस जीती हो... बस हंसती हो...
ना मुट्ठी खुलने का डर, ना ज़ोर से बंद रखने की जद्दोजहद...
जाती हुई रेत को मुस्कुरा के अलविदा कहती हुई
बची हुई रेत की महक को पूरे बदन में महसूस करती हुई...
हाँ... तुम्हारे पास भी मेरी तरह रेत मुट्ठी भर ही है...
बस फ़र्क़ इतना है
तुम्हारी मुट्ठी कभी ख़ाली नहीं होती
और मेरी कभी भरती नहीं

## Mutthi Bhar Ret

Waqt aur saansein...ret ki tarah bhari hain mutthi mein...aur hain
bhi to bas mutthi bhar hi
Kabhi mann kehta hai mutthi zor se band rakhu, rok lu...
thaam lu…par dam ghut ta hai mutthi bandh kar
Kabhi jee chaahta hai khol du par khulne pe to khaak hai
Kaise rakhu sambhaal kar
Risti hai ye ret har pal har saans…aur main usse takta rehta hoon
Aur phir main tumhe dekhta hoon
Tumhari mutthi mein bhi ret hai waqt ki...saanso ki...
Wo bhi risti hai
Par na tum usko takti ho na thakti ho...bas jeeti ho bas hansti ho
Na mutthi khulne ka darr, na zor se band rakhne ki jaddojehed
Jaati hui ret ko muskura ke alvida kehti hui
Bachi hui ret ki mehek ko poore badan mein mehsoos karti hui
Haan tumhare paas bhi meri tarah ret mutthi bhar hi hai
Bas fark itna hai
Tumhari mutthi kabhi khaali nahi hoti
Aur meri kabhi bharti nahi

ज़रा सी नमी और मिट्टी का महल ढह गया
रोका बहुत एक आंसू हाल-ए-दिल कह गया
तमाम सफ़र किया आँधी तूफ़ानों के बीच
जब हक़ में हवाएँ चली तो जहाज़ बह गया

Zara si nami aur mitti ka mehel dheh gaya
Roka bahut ek aansoo haal-e-dil keh gaya
Tamaam safar kiya aandhi toofano ke beech
Jab haq mein hawaein chali to jahaaz beh gaya

……………………………………………

किसी ने मुझसे पूछा क्या है बचपन, जवानी, बुढ़ापा और मर जाना
मैंने कहा उसका आना, मुझसे मिलना, मेरा ना होना और चले जाना

Kisi ne mujhse poocha kya hai bachpan, jawani, budhapa aur marr jana
Maine kaha uska aana, mujhse milna, mera na hona aur chale jana

……………………………………………

हक़ीक़तों ने ख़्वाबों की कलाई मोड़ दी
खोने का डर गया जो पाने की ज़िद्द छोड़ दी
हालात मेरी हिम्मत कभी ना तोड़ पाते
वक्त ने यूँ किया मेरी उम्मीद तोड़ दी

Hakikaton ne khwabon ki kalaai mod di
Khone ka darr gaya jo paane ki zidd chhod di
Halaat meri himmat kabhi na tod paate
Waqt ne yun kiya meri ummeed tod di

***

उदास होता है ख़फ़ा नहीं होता
जुदा रह कर भी जुदा नहीं होता
हाथ थामे जो दिल को भी थाम ले
हमसफ़र हमेशा हमनवा नहीं होता

Udaas hota hai khafaa nahi hota
Judaa reh kar bhi judaa nahi hota
Haath thaame jo dil ko bhi thaam le
Humsafar hamesha humnawa nahi hota

.....................................................

छलकती गागर से ख़ाली गिलास हो गया हूँ
मैं किसी को खुश करते करते उदास हो गया हूँ
नज़दीकियों की हदें फ़ासले बढ़ा देती हैं
पर वो समझता है उसके बहुत पास हो गया हूँ

Chhalakti gaagar se khaali gilaas ho gaya hoon
Main kisi ko khush karte karte udaas ho gaya hoon
Nazdeekiyon ki hadein faasle badha deti hain
Par wo samajhta hai uske bahut paas ho gaya hoon

***

## रोशनी कम धुआँ ज़्यादा है

आज सुबह का सूरज कुछ धुंधला है
रात भर याद में आँखों को मला है
उम्मीद में रोशनी कम धुआँ ज़्यादा है
एक शाम और इंतज़ार में दिल जला है

जिये जा रहें हैं समझदारी से ज़िंदगी
दिल को कैसे समझाएँ ये मसला है

सहमा ही सही मेरा ख़्वाब ज़िंदा है
हक़ीक़तों से जान बचा कर पला है

दिखाई नहीं देता पर मेरे दिल में रहता है
तू ख़ुदा सा ही होगा बस ये हौसला है

जुदा सफ़र में है मेरी रूह का हमसफ़र
क्या नज़दीकियों का सबब क्या फ़ासला है

***

## Roshni Kam Dhuan Zyada Hai

Aaj subah ka sooraj kuchh dhundhla hai
Raat bhar yaad mein aankhon ko malaa hai
Ummeed mein roshni kam dhuan zyada hai
Ek shaam aur intezaar mein dil jalaa hai

Jiye jaa rahein hain samajhdari se zindagi
Dil ko kaise samjhaein ye maslaa hai

Sehema hi sahi mera khwaab zinda hai
Hakikaton se jaan bacha kar palaa hai

Dikhai nahin deta par mere dil mein rehta hai
Tu khuda sa hi hoga bas ye hausla hai

Judaa safar mein hai meri ruh ka humsafar
Kya nazdikiyon ka sabab kya faasla hai

***

यादों का रंग सुर्ख़ कभी गर्द होता है
सेहरा में शाम को मौसम सर्द होता है
आवाज़ नहीं होती भरम हो या रिश्ता
पुराना कुछ भी टूटे बस दर्द होता है

Yaadon ka rang surkh kabhi garrd hota hai
Sehra mein shaam ko mausam sard hota hai
Awaaz nahi hoti bharam ho ya rishta
Purana kuchh bhi toote bas dard hota hai

..................................................

हाँ इन आँखों में पहले सी नमी नहीं रही
तो ये मत समझ लेना तुम्हारी कमी नहीं रही
दरिया को अबके सावन से उम्मीद कम है
और पहाड़ों में पुरानी बर्फ़ जमी नहीं रही

Haan in aankhon mein pehle si nami nahi rahi
To ye mat samajh lena tumhari kami nahi rahi
Dariya ko ab ke sawan se ummeed kam hai
Aur pahadon mein purani barf jami nahi rahi

..................................................

दिल को समझा लूँगा पर इसे तोड़ूँगा नहीं
इंतज़ार नहीं करना पर आरज़ू छोड़ूँगा नहीं

Dil ko samjha loonga par isse todunga nahi
Intezaar nahi karna par aarzoo chhodunga nahi

***

अंदर कुछ तो टूटा है शायद
बरसों रुका बांध छूटा है शायद
ख़फ़ा मैं आज भी तुमसे नहीं हूँ
ख़ुद से ही दिल रूठा है शायद

Andar kuchh to toota hai shayad
Barson ruka baandh chhoota hai shayad
Khafaa main aaj bhi tumse nahi hoon
Khud se hi dil rootha hai shayad

.................................................

आँखों में पढ़ लो सवाल ना पूछा करो
हाल तुम जैसा ही है हाल ना पूछा करो
सालों गुज़र गए पिछले कुछ महीनों में
कब गुज़रेगा ये साल ना पूछा करो

Aankhon mein padh lo sawaal na poochha karo
Haal tum jaisa hi hai haal na poochha karo
Saalon guzar gaye pichhle kuchh mahino mein
Kab guzrega yeh saal na poochha karo

.................................................

कुछ और नहीं है मेरी दुश्वारियों का सबब
कल कुछ ख्वाहिशें की थी जो पूरी हो गयी

Kuchh aur nahi hai meri dushwariyon ka sabab
Kal kuchh khwaishein ki thi jo poori ho gayi

***

वो मुझसे दूर जाने की बात कह रहा था
हैरानी ये कितना क़रीब होकर कह रहा था
दोनो के लिए जुदाई का मतलब है जुदा जुदा
मैं कुछ सुन रहा था वो कुछ और कह रहा था

Wo mujhse door jaane ki baat keh raha tha
Hairaani ye kitne kareeb ho kar keh raha tha
Dono ke liye judaai ka matlab hai judaa judaa
Main kuchh sunn raha tha wo kuchh aur keh raha tha

..................................................

किरदार जुदा हों तो कहानी अलग होती है
दो नदियाँ मिल जाएँ तो रवानी अलग होती है
चलना है बहना है तो चल लेंगे बह लेंगे
उम्र बितानी है ठीक है ज़िंदगानी अलग होती है

Kirdaar judaa ho to kahani alag hoti hai
Do nadiyan mil jayein to rawaani alag hoti hai
Chalna hai behna hai to chal lenge beh lenge
Umr bitani hai theek hai zindgani alag hoti hai

..................................................

मेरी ख़्वाहिशों को कुँवारा रहने दो
इनका तामीर से निकाह ना करो
सफ़ेद दामन है मेरा हसरतों से भरा
इसे हक़ीक़तों के रंग से स्याह ना करो

Meri khwaishon ko kunwara rehne do
Inka tameer se nikaah na karo
Safed daaman hai mera hasraton se bhara
Ise hikikaton ke rang se siyaah na karo

***

ये काग़ज़ के फूल तबीयत में मुझसे मेल खाते हैं
ना महकते हैं ना मुरझाते हैं बस मुस्कुराते हैं

Yeh kagaz ke phool tabiyat mein mujhse mel khaate hain
Na mehakte hain na murjhate hain bas muskurate hain

.................................................

उन्हें शिकायत कि बिछड़ के दमक रहा हूँ मैं
कैसे बताऊँ जहाँ आग लगी हो उजाला बहुत होता है

Unhe shikayat ke bichhad ke damak raha hoon main
Kaise batau jahan aag lagi ho ujaala bahut hota hai

***

## वक्त की साज़िशें और गहरी हो गयी

वक्त की साज़िशें और गहरी हो गयी
मुंसिफ़ हुए रक़ीब दुनिया कचहरी हो गयी
मेरे सफ़र की गवाही कोई नहीं देता
रास्ते गूँगे मंज़िलें बहरी हो गयी

मेरे हिस्से आए धुंधले दिन मैली शामें
मेरे जाते ही रातें भी सुनहरी हो गयी

दवा कम धुआँ ज़्यादा है इस तरक़्क़ी में
तकलीफ़ें देहाती तहज़ीबें शहरी हो गयी

कैसे साफ़ होगा पानी गंगा-जमना का
गंगा-जमनी तहज़ीब तो ज़हरी हो गयी

फुदकती हैं आसपास पकड़ में नहीं आती
कमबख़्त ये ख़ुशियाँ भी गिलहरी हो गयी

***

## Waqt Ki Sazishein Aur Gehri Ho Gayi

Waqt ki sazishein aur gehri ho gayi
Munsif hue raqeeb duniya kachehri ho gayi
Mere safar ki gawahi koi nahin deta
Raaste goonge manzilein behri ho gayi

Mere hisse aye dhundhle din maili shaamein
Mere jaate hi raatein bhi sunehri ho gayi

Dawaa kam dhuan zyada hai is taraqqi mein
Takleefein dehati tehzeebein shehri ho gayi

Kaise saaf hoga paani ganga-jamna ka
Ganga-jamni tehzeeb to zehri ho gayi

Phudakti hain aas paas pakad mein nahin aati
Kambakhat ye khushiyan bhi gilehri ho gayi

***

# Chapter 6

# जीने की अदा/Jeene Ki Adaa

प्यार में उम्मीद, इंतज़ार और उदासी का घुला मिला असर ज़िंदगी जीने की समझदारी सिखा देता है। प्यार बहुत बड़ा गुरु है...अब आप पर है कि सर झुकाकर इस उस्ताद से कितने ग़ुर  सीख सकते हैं.

रिश्तों की सच्चाई, नातों की गहराई, किसी पराये का अपनापन, किसी अपने का अधूरापन... सब पानी में परछाई के जैसे झलक जाता है

मैं तो मानता हूँ कि प्रेम का सबसे बड़ा उपहार है अपने और अपनो से परिचय कराना

प्रेम हमें तरलता और सरलता सिखाता है। कब बहना है, कितना कहना है, क्या मिट्टी है क्या गहना है. जहां रहना है तो क्यों रहना है?

शायद कुछ मैंने भी सीखा है..ज़रा पढ़ के बताइए...,

Pyar mein ummeed, intezaar aur udaasi ka ghula mila asar zindagi jeene ki samajhdari sikha deta hai... pyar bahut bada guru hai... ab aap par hai ki sar jhuka kar iss guru se kitne gur seekh sakte hain.
Rishtohn ki sacchai, naaton ki gehrai, kisi paraye ka apnapan, kisi apne ka adhoorapan... sab paani mein parchhai ke jaise jhalak jaata hai...
Main toh maanta hoon prem ka sabse bada uphaar hai apne aur apno se parichay karana...
Prem hamein taralta aur saralta sikhata hai... kab behna hai, kitna behna hai, kya mitti hai, kya gehna hai... jahan rehna hai toh kyun rehna hai?
Shayad kuchh maine bhi seekha hai... zara padh ke batayein...

## जो भर दे मुझे पूरा सब तेरे में था

कुछ ख़ाली कुछ अधूरा अंधेरे में था
जो भर दे मुझे पूरा सब तेरे में था
तू नदी मगर आगे बहती चली गयी
प्यासा रहा जो झरना मेरे में था

लूटकर सब मुझे मालामाल कर गया
हुनर कुछ ऐसा उस लुटेरे में था

सीधी सड़क पर अब सफ़र कटता नहीं
दोनो जहां घूमे जब उसके घेरे में था

कहने को हवेली मेरे नाम हो गयी
वैसे आराम तो छोटे बसेरे में था

सुनी सबने पहचाना सिर्फ़ मैंने
असर बीन में नहीं सपेरे में था

लागी लगन उससे तो घर याद आया
कई जन्मो चौरासी के फेरे में था

***

## Jo Bhar De Mujhe Poora Sab Tere Mein Tha

Kuchh khaali kuchh adhoora andhere mein tha
Jo bhar de mujhe poora sab tere mein tha
Tu nadi magar aage behti chali gayi
Pyasa raha jo jharna mere mein tha

Lootkar sab mujhe malamaal kar gaya
Hunar kuchh aisa uss lootere mein tha

Seedhi sadak par ab safar kat ta nahi
Dono jahan ghoomein jab uske ghere mein tha

Kehne ko haweli mere naam ho gayi
Waise araam toh chhote basere mein tha

Suni sabne pehchana sirf maine
Asar been mein nahi sapere mein tha

Lagi lagan usse toh ghar yaad aaya
Kai janmo chauraasi ke phere mein tha

***

## ख़ुद प्यार कर देखो

हमसे क्या पूछते हो, ख़ुद प्यार कर देखो
काग़ज़ की नाव पानी में उतार कर देखो
तैरने वालों को इल्म क्या गहराई का
डूबने वालों जैसे दरिया पार कर देखो

बाँट दो ख़ुशियाँ या किसी का ग़म ख़रीद लो
ये मुनाफ़े का सौदा है व्यापार कर देखो

मंज़िल का नशा तो कुछ दिनों का है
तमाम उम्र किसी का इंतज़ार कर देखो

वाक़िफ़ है लहू मेरा तुम्हारे हर नश्तर से
मैं पूरी तैयारी से आया हूँ वार कर देखो

शौक़ हो अपना कलेजा नापने का ग़र कभी
जीती हुई बाज़ी किसी के लिए हार कर देखो

उसकी रहमतो पर ऊँगली उठाने से पहले
एक बार तो शिद्दत से पुकार कर देखो

***

## Khud Pyar Kar Dekho

Humse kya poochhte ho khud pyar kar dekho
Kagaz ki naav pani mein utaar kar dekho
Tairne walon ko ilm kya gehrayi ka
Doobne walon jaise dariya paar kar dekho

Baant do khushian ya kisi ka gham khareed lo
Ye munafe ka sauda hai vyapaar kar dekho

Manzil ka nasha toh kuchh dino ka hai
Tamaam umr kisi ka intezaar kar dekho

Wakif hai lahoo mera tumhare har nashtar se
Main poori tayari se aaya hoon vaar kar dekho

Shawk ho apna kaleja naapne ka agar kabhi
Jeeti hui baazi kisi ke liye haar kar dekho

Uski rehmaton par ungli uthaane se pehle
Ek baar toh shiddat se pukaar kar dekho

***

अभी आदमी से इंसां होना है इंतज़ार करो
तुम्हें भी प्यार मिल जाएगा पहले सबसे प्यार करो
सजदा करते हो शर्त पे कि दुआ क़ुबूल हो
ख़ुदा का दर है जनाब ना इसे बाज़ार करो

Abhi aadmi se insaan hona hai intezaar karo
Tumhe bhi pyar mil jayega pehle sabse pyar karo
Sajda karte ho shart pe ki dua kubool ho
Khuda ka dar hai janaab na ise bazaar karo

…………………………………………

कहीं एक कहानी पूरी हो
कितने क़िस्सों में बटे रहे
कभी ढहती छत को देख देख
हम दीवारों से सटे रहे
वक़्त की चालों से बचने को
हर पल बदली अपनी चाल
संग बहे कभी तूफ़ानों के
कहीं आँधी में भी डटे रहे

Kahin ek kahani poori ho
Kitne kisson mein batey rahe
Kabhi dhehti chhat ko dekh dekh
Hum deewaron se satey rahe
Waqt ki chalon se bachne ko
Har pal badli apni chaal
Sang bahe kabhi toofano ke
Kahin aandhi mein bhi datey rahe

***

मजबूरियाँ ढूँढते रहे सदा चाव बांधने को
मरहम बाहर ढूँढते रहे अंदर घाव बांधने को
लहरों का सफ़र करते तो पार पहुँच जाते
हम खूँटे ही ढूँढते रहे बस नाव बांधने को

Majbooriyan dhoondte rahe sada chaav bandhne ko
Marham bahar dhoondte rahe andar ghaav bandhne ko
Lehron ka safar karte toh paar pahunch jaate
Hum khoonte hi dhoondte rahe bas naav bandhne ko

***

## ये आशियाँ था कभी आज खंडहर हो गया

दिलों में फ़ासला इस क़दर हो गया
हर शख़्स अपने मकाँ में बेघर हो गया
दरारों में दफ़्न रिश्ते गवाह हैं
ये आशियाँ था कभी आज खंडहर हो गया

यूँ तो दो क़दम पे उसका घर था
अपने लिए तमाम उम्र का सफ़र हो गया

मेरा नाम लिख कर नए नश्तर बना रहा है
जानता है पुराना दर्द बे-असर हो गया

एक की मौत तो दूजे की दावत हो गयी
जंगल हुई दुनिया आदमी जानवर हो गया

***

## Yeh Ashiyaan Tha Kabhi Aaj Khandhar Ho Gaya

Dilon mein faasla is kadar ho gaya
Har shakhs apne makaan mein beghar ho gaya
Dararon mein dafn rishte gawah hain
Yeh ashiyan tha kabhi aaj khandhar ho gaya

Yun toh do kadam pe uska ghar tha
Apne liye tamaam umr ka safar ho gaya

Mera naam likh kar naye nashtar bana raha hai
Jaanta hai purana dard be-asar ho gaya

Ek ki maut toh dooje ki daawat ho gayi
Jangal hui duniya aadmi jaanwar ho gaya

***

नजूमी को सुनता है उसका मुरीद नहीं है
लकीरें बदलती हैं मुक़द्दर की रसीद नहीं है
मुझे उम्मीद जिस एक शख़्स की दुनिया में
उसे दुनिया से बाक़ी कोई उम्मीद नहीं है

Najoomi ko sunta hai uska mureed nahi hai
Lakeerein badalti hain muqqadar ki raseed nahi hai
Mujhe umeed jis ek shakhs ki duniya mein
Usse duniya se baaki koi umeed nahi hai

……………………………………………

मोहब्बत वफ़ा उम्मीद ईमान अच्छा है
ज़िंदगी जीने के लिए सामान अच्छा है
पैरों तले ज़मीं रहे तो संभलना मुमकिन है
वैसे पंख फैलाने को आसमान अच्छा है

Mohabbat wafaa ummeed emaan achha hai
Zindagi jeene ke liye samaan achha hai
Pairon tale zameen rahe toh sambhalna mumkin hai
Waise pankh faelaane ko aasmaan achha hai

……………………………………………

तब तक ऊँचाई पर कोई खुदा नहीं होता,
जब तक अक्स ज़मीं से जुदा नहीं होता !

Tab tak oonchai par koi khuda nahi hota
Jab tak aks zameen se juda nahi hota

***

ये आँखें ये बातें ये हँसी मुझे बनावट लगती है
जिस दुकान में बहुत सजावट हो मुझे मिलावट लगती है

Ye ankhein ye baatein ye hansi mujhe banawat lagti hai
Jis dukaan mein bahut sajawat ho mujhe milawat lagti hai

..............................................

या मेरी पहुँच से बाहर हो जाए तेरी बोली इतनी बड़ी कर दे
या सब कुछ उसमे समा जाए मेरी झोली इतनी बड़ी कर दे

Ya meri pahunch se baahar ho jaye teri boli itni badi kar de
Ya sab kuchh usme sama jaya meri jholi itni badi kar de

***

## वो इश्क़ नहीं रवायत है जिसमें जुनून नहीं होता

जो ज़ुल्म देख कर ना खौले वो ख़ून नहीं होता
सन्नाटा है ग़ुलामी की नींद में सुकून नहीं होता
उसे क़यामत की हद तक चाहो तो कुछ बात बने
वो इश्क़ नहीं रवायत है जिसमें जुनून नहीं होता

मशीनो के शोर में खिलोने दब गए
कारख़ाने में लगा बच्चा मासूम नहीं होता

बेकार है तेरा ना समझ पाने का बहाना
ख़ून से लिखे ख़त का मजमून नहीं होता

खरोंचा है मेरी रूह को उसने बड़ी अदाकारी से
ज़बाँ के मुक़ाबिल ख़ंजर कोई नाख़ून नहीं होता

बिका जो सर-ए-बाज़ार तो कुछ तन्हाई दूर हुई
जब तक तमाशा ना हो लोगों का हुजूम नहीं होता

अब ज़रूरत, ताक़त और क़िस्मत पे चलती है
दुनिया जंगल हो गयी, जंगल का क़ानून नहीं होता

***

## Wo Ishq Nahi Ravayat Hai Jisme Junoon Nahi Hota

Jo zulm dekh kar na khaule vo khoon nahin hota
Sannata hai ghulami ki neend mein sukoon nahin hota
Usse qyamat ki hadd tak chaho toh kuchh baat bane
Wo ishq nahi ravayat hai jisme junoon nahi hota

Masheeno ke shor mein khilone dab gaye
Karkhaane mein laga baccha masoom nahin hota

Bekaar hai tera na samajh paane ka bahana
Khoon se likhe khat ka majmoon nahin hota

Kharoncha hai meri ruh ko usne badi adakari se
Zabaan ke muqabil khanjar koi nakhoon nahin hota

Bika jo sar-e-bazaar toh kuchh tanhaii door hui
Jab tak tamasha na ho logon ka hujoom nahin hota

Ab zaroorat, taqat aur qismat pe chalti hai
Duniya jungle ho gayi, jungle ka kanoon nahin hota

***

## जब आज़ाद था सुकूँ से दूरी हो गयी

जब आज़ाद था सुकूँ से दूरी हो गयी
जब सुकूँ मिला ग़ुलामी ज़रूरी हो गयी
भागता रहा बेसुध ख्वाहिशें के पीछे
बेड़ियाँ बन गयी वही जब पूरी हो गयी

ढूँढा हर तरफ़ अंदर झांक नहीं पाया
मैं बन में हिरण ख़ुशी कस्तूरी हो गयी

झुकना अदा नहीं आदत बन गया
हद से ज़्यादा जी हुज़ूरी हो गयी

सब्र टूट जाएगा वो फिर दिख गया अगर
आँखें झुका के चलना मजबूरी हो गयी

सच्चे इश्क़ में जुदा हम पहले नहीं हैं
राधा कृष्ण के ज़माने से दस्तूरी हो गयी

तुझसे दूर सही होली हम भी खेलेंगे
इंतज़ार गुलाबी यादें सिंधूरी हो गयी

रिहा हो गया 'मेरी मर्ज़ी' की क़ैद से
अर्ज़ी तेरी रज़ा की मंज़ूरी हो गयी

***

## Jab Azaad Tha Sukoon Se Doori Ho Gayi

Jab azaad tha sukoon se doori ho gayi
Jab sukoon mila ghulami zaroori ho gayi
Bhaagta raha besudh khwaishon ke peechhe
Bediyan bann gayi wahi jab poori ho gayi

Dhoonda har taraf andar jhaank nahin paya
Main bann mein hiran khushi kastoori ho gayi

Jhukna adaa nahin aadat ban gaya
Hadd se zyada ji huzoori ho gayi

Sabr toot jayega wo phir dikh gaya agar
ankhein jhuka ke chalna majboori ho gayi

Sacche ishq mein juda hum pehle nahin hain
Radha krishan ke zamane se dastoori ho gayi

Tujhse door sahi holi hum bhi khelenge
Intezaar gulabi yaadein sindoori ho gayi

Riha ho gaya 'meri marzi' ki qaid se
Arzi teri raza ki manzoori ho gayi

***

हकीम हो ख़ुदा हो या महबूब हो
सर झुकाना तभी जब पूरी शिद्दत हो
जादुई असर होता है अगर दिल में यक़ीन हो
दवा हो दुआ हो या मोहब्बत हो

Hakeem ho khuda ho ya mehboob ho
Sar jhukana tabhi jab poori shiddat ho
Jadui asar hota hai agar dil mein yakeen ho
Dawa ho dua ho ya mohabbat ho

.....................................................

ख़्वाहिशें उम्मीदें सपने कल के
काँच का सामान है ज़रा संभल के

Khwaishein ummeedein sapne kal ke
Kaanch ka samaan hai zara sambhal ke

.....................................................

बहते रहो, घुल जाना नहीं
मिलना लिखा था मिल जाना नहीं
चमकना है और इश्क़ की आग में
आँच धीमी रखो जल जाना नहीं

Behte raho ghul jana nahi
Milna likha tha mil jana nahi
Chamakna hai aur ishq ki aag mein
Aanch dheemi rakho jal jana nahi

***

## ख़्वाहिश पूरी हुई नहीं कि बदल जाती है

ख़्वाहिश पूरी हुई नहीं कि बदल जाती है
क़ीमत वो नहीं रहती जब चीज़ मिल जाती है
दुनिया जीत कर सिकंदर ने कहा ये रेत है
रेत की फ़ितरत ये मुट्ठी से फिसल जाती है

दुश्मन के ख़ंजर से चाहे खरोंच तक ना आए
अपने ही अज़ीज़ की बात भी खल जाती है

कम हो गयी शहर में अकीदत हकीमों पर
मेरी तबीयत तो तुम्हारे नाम से मचल जाती है

मज़दूर की आँख से आँसू ना गिरे बेवजह
बुनियाद में नमी हो तो इमारत हिल जाती है

सालों बाद उसने ख़त में तस्वीर भेज दी
सुलगती राख इक चिंगारी से उबल जाती है

मेरे सब्र का इम्तिहान लो मगर याद रहे
ज़लज़ले उठें जब ज़मीं से आह निकल जाती है

***

## Khwaish Poori Hui Nahi Ki Badal Jati Hai

Khwaish poori hui nahi ki badal jaati hai
Keemat wo nahi rehti jab cheez mil jaati hai
Duniya jeet kar Sikandar ne kaha ye ret hai
Ret ki fitrat ye muthhi se fisal jaati hai

Dushman ke khanjar se chahe kharonch tak na aaye
Apne hi azeez ki baat bhi khal jaati hai

Kam ho gayi shehar mein akeedat hakimo par
Meri tabiyat toh tumhare naam se machal jaati hai

Saalon baad usne khat mein tasveer bhej di
Sulagti raakh ek chingari se ubal jaati hai

Mere sabr ka imtehaan lo magar yaad rahe
Zalzale uthen jab zameen se aah nikal jaati hai

***

## लहजे में नरमी असर में चुभन होना चाहिए

लहजे में नरमी असर में चुभन होना चाहिए
सच्ची बात कहने का भी फ़न होना चाहिए
अपनो की करो मुख़ालफ़त तो याद रहे
बात कितनी भी हो कड़वी अपनापन होना चाहिए

क़िस्मत की चाशनी खुदबख़ुद आ जायेगी
हिम्मत और हुनर का राशन होना चाहिए

बहुत महंगी है मर्ज़ी से जीने की क़वायद
सलीक़े से मरने को तो बस कफ़न होना चाहिए

बस एक ही फ़िक्र उस मिट्टी के खिलोने की
उम्र के हर दौर में थोड़ा बचपन होना चाहिए

हर हसीन चेहरे से रिश्ता है मेरी ग़ज़ल का
शायरी कहने के लिए थोड़ा बदचलन होना चाहिए

***

## Lehje Mein Narmi Asar Mein Chubhan Hona Chahiye

Lehje mein narmi asar mein chubhan hona chahiye
Sacchi baat kehne ka bhi fann hona chahiye
Apno ki karo mukhalfat toh yaad rahe
Baat kitni bhi ho kadvi apnapan hona chahiye

Kismat ki chashni khud-b-khud aa jayegi
Himmat aur hunar ka rashan hona chahiye

Bahut mehengi hai marzi se jeene ki kavayad
Saleeke se marne ko bas kafan hona chahiye

Bas ek hi fikr uss mitti ke khilone ki
Umr ke har daur mein thoda bachpan hona chahiye

Har haseen chehre se rishta hai meri ghazal ka
Shayari kehne ke liye thoda badchalan hona chahiye

***

## किरदार बदल जाते हैं

जंग जारी रहती है हथियार बदल जाते हैं
मैदान वही होता है घुड़सवार बदल जाते हैं
ज़िंदगी के रंगमंच पर नाटक चलता रहता है
जब कहानी समझ आती है किरदार बदल जाते हैं

इश्क़ वो बला जिसका इलाज भी इश्क़ है
वक्त पर मिल जाए तो बीमार बदल जाते हैं

किसी ने हंसी छीन ली कोई आंसू ले गया
घर लुटता रहता है पहरेदार बदल जाते हैं

जहां बुनियाद थी वहाँ पनाह भी ना मिली
बदलें मकाँ मालिक किरायेदार बदल जाते हैं

कभी ज़बां कभी ख़ामोशी कभी आँखें कभी तेवर
रोज़ ज़ख़्म देता है औज़ार बदल जाते हैं

सर एक ही था कहाँ कहाँ झुकाता रहा
खुदाई रास ना आए परवरदिगार बदल जाते हैं

मैं किसी का दिल तोड़ता रहा और कोई मेरा
इकतरफ़ा मोहब्बत में गुनहगार बदल जाते हैं

***

## Kirdaar Badal Jaate Hain

Jung jaari rehti hai hathiyaar badal jaate hain
Maidaan wahi hota hai ghudsawaar badal jaate hain
Zindagi ke rangmanch par naatak chalta rehta hai
Jab kahani samajh aati hai kirdaar badal jaate hain

Ishq wo balaa jiska ilaaj bhi ishq hai
Waqt par mil jaye toh bimaar badal jaate hain

Kisi ne hansi chheen li toh koi aansoo le gaya
Ghar lut ta rehta hai peheredaar badal jaate hain

Jahan buniaad thi wahan panah bhi na mili
Badlen makaan maalik kirayedaar badal jaate hain

Kabhi zabaan kabhi khamoshi kabhi aankhein kabhi tewar
Roz zakhm deta hai auzaar badal jaate hain

Sar ek hi tha kahan kahan jhukata raha
Khudai raas na aaye parvardigaar badal jaate hain

Main kisi ka dil todta raha aur koi mera
Ek tarfa mohabbat mein gunehgaar badal jaate hain

***

## समर्पण

सागर में नदी जैसा संपूर्ण समर्पण चाहते हो तो पहले सुनिश्चित कर लो कि तुमने अपने सागर को पहचान लिया है...नदी के समर्पण की सम्पूर्णता सागर की पूर्ण स्वीकृति से ही सम्भव है.....अगर सागर के भीतर नदी को पूर्णत: समाहित करने का सामर्थ्य नहीं तो नदी का समर्पण व्यर्थ है, अपूर्ण है.

अगर नदी स्वयं को झील में समर्पित करने का प्रयास करेगी तो नदी और झील दोनो के अस्तित्व पर प्रशंचिंह लग जाएगा. ये समर्पण झील को अभिभूत और नदी को उद्विग्न कर देगा परंतु पूर्ण किसी को नहीं करेगा. अगर इस बेमेल मिलन का दोष आप झील को देंगे तो अन्याय होगा. नदी झील को बढ़ा सकती है, पोषित कर सकती है, उसमें समा नहीं सकती, समर्पण नहीं कर सकती. समर्पण की विशेषता और सफलता पात्र पर आधारित है. झील नदी के समर्पण के लिए उपयुक्त पात्र नहीं. फिर भी यदि नदी समर्पण के लिए लालायित है तो वो नदी की विवशता हो सकती है, उदगार हो सकता है, सेवा हो सकती है या स्वार्थ हो सकता है. याद रखो समर्पण एकतरफ़ा नहीं होता, समर्पण द्विजा है. समर्पण एकल गान नहीं युगल गीत है. भोजन का समर्पण भोक्ता से ही सम्भव है, भक्त का समर्पण भगवान से ही सम्भव है.

प्रेम में समर्पण सर्वोच्च है, परंतु समर्पण तभी सर्वोच्च है जब प्रेम सर्वोच्च हो. समर्पण राधा और कृष्ण में सम्भव है. हर प्यार प्रेम नहीं होता और हर प्रेम समर्पण नहीं हो सकता. समर्पण की जल्दी में मत रहो, जिससे प्रेम करते हो उसको पोषित करते जाओ, समर्पण तभी करो जब अपने सागर को पहचान लो.

## Samarpan

Sagar mein nadi jaisa sampoorn samarpan chahte ho toh pehle sunishchit kar lo ki tumne apne sagar ko pehchaan liya hai... nadi ke samarpan ki sampoornta sagar ki poorn sweekriti se hi sambhav hai.

Agar sagar ke andar nadi ko poorntaya samahit karne ka samarthya nahi hai toh nadi ka samarpan vyarth hai, apoorn hai.

Agar nadi swayam ko jheel mein samarpit karne ka prayaas karegi toh nadi aur jheel dono ke astitv par prashanchinh lag jayega. Yeh samarpan jheel ko abhibhoot aur nadi ko udwign kar dega parantu poorn kisi ko nahi karega. Agar is bemel milan ka dosh aap jheel ko denge toh annaya hoga. Nadi jheel ko badha sakti hai, poshit kar sakti hai, usme sama nahi sakti, samarpan nahi kar sakti. Samarpan ki visheshta aur safalta paatr par aadharit hai. Jheel nadi ke samarpan ke liye upyukt paatr nahi, phir bhi yadi nadi samarpan ke liye lalayit hai toh wo nadi ki vivashta ho sakti hai, udgaar ho sakta hai, sewa ho sakti hai ya swaarth ho sakta hai. Yaad rakho samarpan ektarfa nahi hota, samarpan dwija hai, samarpan ekal gaan nahi yugal geet hai. Bhojan ka samarpan bhokta se hi sambhav hai, bhakt ka samarpan bhagwan se hi sambhav hai

Prem mein samarpan sarvoch hai parantu samarpan tabhi sarvoch hai jab prem sarvoch ho. Samarpan radha aur krishan mein sambhav hai. Har pyar prem nahi hota aur har prem samarpan nahi ho sakta. Samarpan ki jaldi mat karo, jisse prem karte ho usko poshit karte jao, samarpan tabhi karo jab apne sagar ko pehchaan lo.

## रिश्तों की धुँध
## Rishton ki Dhundh

बिरहा का रंग है, उम्मीद का भी
इंतज़ार का भी तेरी दीद का भी
हक़ अदा करने होते हैं सभी
रक़ीब का भी मुरीद का भी

Birha ka rang hai, ummeed ka bhi
Intezaar ka bhi teri deed ka bhi
Haq adaa karne hote hain sabhi
Rakeeb ka bhi mureed ka bhi

..................................................

ज़ख़्म जो भर ना पाए छिपाने लगा है
गीली दीवार पर तस्वीरें सजाने लगा है
दरारों की मरम्मत इस साल भी ना होगी
छत पे इक कमरा और बनाने लगा है

Jakhm jo bhar na paye chhipaane laga hai
Geeli deewar par tasveerein sajane laga hai
Dararon ki marammat is saal bhi na hogi
Chhat pe ik kamra aur banane laga hai

..................................................

बातें जो हैं ज़रूरी सब करता था वो
जीया नहीं साथ वैसे मुझपे मरता था वो
दरिया पार मिलने आऊँगा कहता तो था
तैरना नहीं सीखा पानी से डरता था वो

Baatein jo hain zaroori sab karta tha wo
Jeeya nahi saath waise mujhpe marta tha wo

Dariya paar milne aaunga kehta toh tha
Tairna nahi seekha paani se darta tha wo

...............................................

मैं बारिश का शहर तुमने दिन गुज़ारे ही नहीं
खिड़कियों खोली ही नहीं पर्दे उतारे ही नहीं
किसी को अपनाना हो तो उसका होना पड़ता है
तुम अपने भी पूरे ना हुए सिर्फ़ हमारे ही नहीं

...............................................x

Main baarish ka shehar tumne din guzare hi nahi
Khidkiyan kholi hi nahi parde utare hi nahi
Kisi ko apnana ho toh uska hona padta hai
Tum apne hi poore na hue sirf hamare hi nahi

...............................................

आईना वही है अब भी वो चेहरा नहीं रहा
रहता तो हूँ साथ तेरे पर तेरा नहीं रहा
जाने दे अब मुझे इजाज़त माँगता हूँ
किसी और की अमानत हूँ मैं मेरा नहीं रहा

Aaina wahi hai ab bhi wo chehra nahi raha
Rehta toh hoon saath tere par tera nahi raha
Jaane de ab mujhe ijazat maangta hoon
Kisi aur ki amanat hoon main mera nahi raha

***

ना तोड़ा उसने ना पूरा बनाया मुझे कभी
ना छोड़ा उसने ना पूरा अपनाया मुझे कभी
मुस्कुरा के ब्यां होता है ना आंसू बहा के
ना सताया उसने ना पूरा हंसाया मुझे कभी

Na toda usne na poora banaya mujhe kabhi
Na chhoda usne na poora apnaya mujhe kabhi
Muskura ke bayan hota hai na aansoo baha ke
Na sataya usne na poora hasaya mujhe kabhi

.................................................

एहसास जम से गए हैं दिल सर्द बहुत है
जलने लगी हैं आँखें दरमियाँ गर्द बहुत है
तुम्हें चोट पहुँचाना आज भी मेरा मक़सद नहीं
बस इतना समझो मेरा पुराना दर्द बहुत है

Ehsaas jam se gaye hain dil sard bahut hai
Jalne lagi hain aankhein darmiyaan gard bahut hai
Tumhe chot pahunchana aaj bhi mera maksad nahi
Bas itna samjho mera purana dard bahut hai

.................................................

ये सच है कि मैंने कभी कुछ कहा नहीं
ये मत समझ लेना कभी कुछ सहा नहीं
खो तुमने मुझे बहुत पहले ही दिया था
अब दरमियाँ बचाने को कुछ रहा नहीं

Ye sach hai ki maine kabhi kuchh kaha nahi
Ye mat samajh lena kabhi kuchh saha nahi
Kho tumne mujhe bahut pehle hi diya tha
Ab darmiyaan bachane ko kuchh raha nahi

***

जो रिश्तों को नाम देना आसान हो जाए
तो कल इन्हें इल्ज़ाम देना आसान हो जाए
उम्मीदों पर खरा उतरने की शर्त छोड़ दो
हर ताल्लुक़ को अंजाम देना आसान हो जाए

Jo Rishton ko naam dena aasaan ho jaye
Toh kal inhe ilzaam dena aasaan ho jaye
Ummeedon par khara utarne ki shart chhod do
Har talluk ko anjaam dena aasaan ho jaye

***

# गुफ़्तगू

## एक औरत की फ़रियाद

मैं भावों में बहने वाली सूखे प्रेम अटक जाती हूँ
कोमल करुणा मेरी चाल रूखे बोल भटक जाती हूँ
मन को मेरे ना समझो पर इतनी सी तो समझ करो
हाड़ मांस की बनी हूँ मैं भी थोड़ा थोड़ा थक जाती हूँ

## मर्द का जवाब

संगदिल कह कर मुझे पशेमान न कर
तेरे हर दर्द से वाकिफ हूँ अनजान नहीं
जिस सीने पर तुम सर रख कर रोती हो
वो सख्त ज़रूर है मगर बेजान नहीं

दर्द-ए-दिल मुझको भी होता है
चुपचाप सहूँ नुमाइश की दुकान नहीं
मेरी खामोशी को बेरुखी न समझो
बुत बने रहना भी कोई आसान नहीं

# Guftgoo

### Ek aurat ki fariyaad

Main bhaavon mein behne wali sookhe prem atak jaati hoon
Komal karuna meri chaal rookhe bol bhatak jaati hoon
Mann ko mere na samjho par itni si toh samajh karo
Haad maas ki bani hoon main bhi thoda thoda thak jaati hoon

### Mard ka jawaab

Sangdil keh kar mujhe pashemaan na kar
Tere har dard se waqif hoon anjaan nahi
Jis seene par tum sar rakh kar roti ho
Wo sakht zaroor hai magar bejaan nahi

Dard-e-dil mujhko bhi hota hai
Chupchaap sahun numaish ki dukaan nahi
Meri khamoshi ko berukhi na samjho
Butt bane rehna bhi koi asaan nahi

## औरत के दिल की पुकार

जानती हूँ हर पत्थर के भी सीने में दिल होता है
इस खामोशी से फिर भला क्या हासिल होता है
काश कभी मेरी जगह पर आकर तू समझे
इक बुत से उलफ़त करना कितना मुश्किल होता है

जाने क्या दबा रखा है मुझसे भी छुपा रखा है
ज़हन तुम्हारा अपने ही कोई बोझ से बोझिल होता है

जानती हूँ आँसू पीकर सहना ही तेरा गहना है
जब मैं रोती हूँ उसमें तेरा दर्द भी शामिल होता है

पीड़ से वाक़िफ़ हो ना संगदिल तुमको मैं समझूँ
तंग दिली है कमज़ोरी जो ख़ुद में ग़ाफ़िल होता है

***

## Aurat ke dil ki Pukar

Jaanti hoon har patthar ke seene mein dil hota hai
Is khamoshi se phir bhala kya haasil hota hai
Kaash kabhi meri jagah par aakar tu samjhe
Ik butt se ulfat karna kitna mushkil hota hai

Jane kya dabaa rakha hai mujhse bhi chhupa rakha hai
Zehen tumhara apne hi koi bojh se bojhil hota hai

Jaanti hoon aansoo pee kar sehna hi tera gehna hai
Jab main roti hoon usme tera dard bhi shaamil hota hai

Peed se wakif ho na sangdil tumko main samjhoon
Tangdili hai kamzori jo khud mein gaafil hota hai

***

तुम जब ख़ुद में खोए थे मैं तब भी तो क़ायल थी
ना तुमने झांक कर देखा जब अंदर से घायल थी
लम्हों पर गिरी धूल के हटने पे ये पाया
तुम तब भी सयाने थे मैं तब भी तो पागल थी

Tum jab khud mein khoye the main tab bhi toh kaayal thi
Na tumne jhaank kar dekha jab andar se ghayal thi
Lamho par padi dhool ke hatne pe ye paya
Tum tab bhi sayane the main tab bhi toh paagal thi

..................................................

क्या ज़रूरत है कोई नाम देने की
क्या ज़रूरत है कोई अंजाम देने की
चाहत काफ़ी है ताल्लुक़ रवाँ रखने को
रिश्ता, जब ज़रूरत हो इल्ज़ाम देने की

Kya zaroorat hai naam dene ki
Kya zaroorat hai anjaam dene ki
Chahat kaafi hai talluk rawan rakhne ko
Rishta, jab zaroorat ho ilzaam dene ki

***

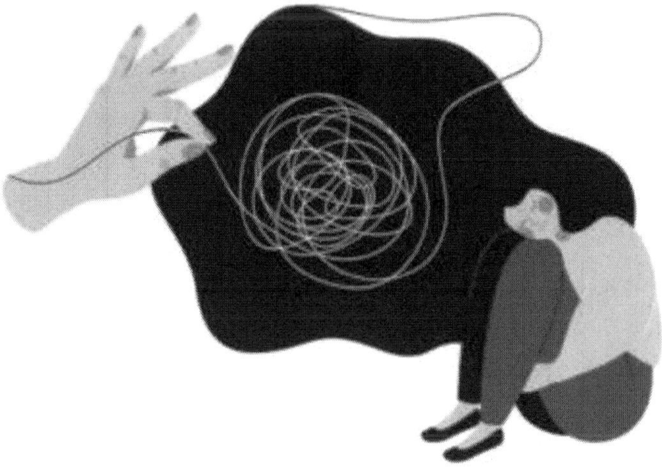

## मैं प्यार में रहा, वो किरदार में रहा

बन के इक अफ़वाह बाज़ार में रहा
सामने नहीं आया इश्तहार में रहा
पाने को जिसे सारी पूँजी लगा दी
उसे किस्तों में भुलाया उधार में रहा

दोस्त मिला वज़ीर सी तरबियत का
मुख़ालिफ़त की लेकिन दरबार में रहा

उसे बहाना चाहिए वो मेरा ना रहे
मुझे कब आज़माए इंतज़ार में रहा

एहसान किया ना लिया रिश्तों में
हिसाब हमेशा बराबर व्यापार में रहा

बुलंदी जितनी ऊँची रही जिसकी
वो उतना ही ज़्यादा उतार में रहा

जो आँखों में था ज़बां पर नहीं आया
किनारे दिखते रहे और मझधार में रहा

निभायी दोनो ने अपनी रस्म-ए-वफ़ा
मैं प्यार में रहा, वो किरदार में रहा

***

## Main Pyar Mein Raha Wo Kirdaar Mein Raha

Bann ke ik afwah bazaar mein raha
Saamne nahi aaya ishtehaar mein raha
Paane ko jise saari poonji laga di
Usse kishton mein bhulaya udhaar mein raha

Dost mila wazeer si tarbiyat ka
Mukhalfat ki lekin darbaar mein raha

Usse bahana chahiye wo mera na rahe
Mujhe kab aazmaye intezaar mein raha

Ehsaan kiya na liya rishton mein
Hisaab hamesha barabar vyapaar mein raha

Bulandi jitni oonchi rahi jiski
Wo utna hi zyada utaar mein raha

Jo aankhon mein tha zabaan par nahi aaya
Kinare dikhte rahe aur majdhaar mein raha

Nibhai dono ne apni rasm-e-wafa
Main pyar mein raha, wo kirdaar mein raha

***

## संवाद

### प्रश्न

मैं सागर हूँ, समझने आए हो, मथने या प्रेम करने?

अगर समझने आए हो विज्ञान से, अनुसंधान से
सृष्टि के विधान से...तो सरल हूँ,
कभी भाप हूँ कभी तरल हूँ...

अगर समझने आए हो ज्ञान से...
मूल हूँ, अनंत हूँ पर स्थूल हूँ

अगर मथने आए हो...
क्या मन्दार हो? क्या शंकर लाए हो ?
केवल अमृत के अभिलाषी हो
या सहर्ष विष भी स्वीकार करोगे?
जो भी हूँ सब बोलूँगा,
जो भी है सब खोलूँगा
तब मंथन पर पछताओगे प्रतिकार करोगे?
अगर हाँ, तो लौट जाओ,
मंथन व्यर्थ ना करो
मंथन सागर का अतिसार है
इसे अनर्थ ना करो...

अगर प्रेम करने आए हो....
तो क्या आए हो सब बंधन तोड़ कर
तैरना सीखकर या
डूबने का डर छोड़ कर
अगर हाँ, तो शब्दों को विराम दो
मन से आभास करो बुद्धि को आराम दो

## Samwaad

### Prashn

Main sagar hoon-samajhne aaye ho, mathne ya prem karne?

Agar samajhne aaye ho vigyaan se, anusandhan se
Srishti ke vidhaan se... toh saral hoon
Kabhi bhaap hoon kabhi taral hoon...

Agar samajhne aaye ho gyaan se...
Mool hoon, anant hoon par sthool hoon...

Agar mathne aaye ho
Kya mandaar ho? kya shankar laaye ho?
Kewal amrit ke abhilashi ho
Ya saharsh vish bhi sweekar karoge?
Jo bhi hoon sab bolunga
Jo bhi hai sab kholunga
Tab manthan par pachhtaoge pratikaar karoge?
Agar haan toh laut jayo
Manthan vyarth na karo
Manthan sagar ka atisaar hai
Ise anarth na karo......

Agar prem karne aaye ho
Toh kya aaye ho sab bandhan tod kar
Tairna seekhkar ya
Doobne ka darr chhod kar
Agar haan, toh shabdon ko viraam do
Mann se abhaas karo buddhi ko araam do

सागर के प्रत्येक रूप का दर्श करो
कभी होठों से छू लो
कभी आँखों से स्पर्श करो
ना मंथन से ना ज्ञान से ना विज्ञान से
सागर को जानोगे प्रेम के समाधान से
मैं विशाल हूँ अनंत हूँ
कितना समझोगे क्या कर लोगे
प्रेम से मुझको अपना लो
इस सागर को गागर में भर लोगे

**उत्तर**

ना मथने आई ना समझने आई
ना था कोई अनुसंधान
ना ही आई थी सब कुछ छोड़ के
ना ही प्रेम में डूब जाने का अरमान

अपने से मिलते जुलते एक रूह के
आईने में ख़ुद को ही देखने आई
कुछ देर साथ चल कर उसके दृष्टिकोण से
ख़ुद को ही समझने आई

Saagar ke pratyek roop ka darsh karo
Kabhi hothon se chhoo lo
Kabhi aankhon se sparsh karo
Na manthan se na gyan se na vigyaan se
Saagar ko janoge prem ke samadhaan se
Main vishal hoon anant hoon
Kitna samjhoge kya kar loge
Prem se mujhko apna lo
Is sagar ko gaagar mein bhar loge

**Uttar**

Na mathne aayi na samajhne aayi
Na tha koi anusandhan
Na hi aayi thi sab kuchh chhodke
Na hi prem mein doob jaane ka armaan

Apne se milte julte ek ruh ke
Aaine mein khud ko hi dekhne aayi
Kuch der saath chal kar uske drishtikon se
Khud ko hi samajhne aayi

मित्रता कीं सर्वोच्च ज़मीन पे
बेझिझक जीने आई
ना पाने की चाह से ना खो देने के डर से
ना ही सदैव रहने कीं इच्छा से
बस एक दूसरे के अंदर बसे विष को
मन के आभास से ही अमृत करने आई

सागर को कौन समझ पाया
कोई भी प्रेम ना पूरा आया
एक गागर क्या भरेगी सागर को
यह उसको समझ ना आया
मंथन में भी सब उसमें से ही निकला
सब कुछ उसमें ही समाया

***

Mitrta ki sarvoch zameen pe
Be-jhijhak jeene aayi
Na paane ki chah se na kho dene ke darr se
Na hi sadaiv rehne ki ichha se
Bas ek doosre ke andar base vish ko
Mann ke abhaas se hi amrit karne aayi

Saagar ko kaun samajh paya
Koi bhi prem na poora aaya
Ek gaagar kya bharegi sagar ko
Yeh usko samajh na aaya
Manthan mein bhi sab usme se hi nikla
Sab kuchh usme hi samaya

***

# Chapter 7

# निज की खोज/Nij Ki Khoj

ज्ञान, कर्म, भक्ति या प्रेम इन सबका पहला और सबसे पवित्र उद्देश्य है खुद की पहचान, निज की खोज और स्वयं से प्रेम... ये पड़ाव पूरी यात्रा का हासिल है... ये अपने आप में मंज़िल है... जो स्वयं से प्रेम नहीं कर सकता, खुद की रोशनी नहीं पहचानता वो ना तो किसी को पूरे मन से निस्वार्थ प्रेम कर सकता है और ना ही किसी के दीये के लिए लौ बन सकता है

*"चमकने लगा अपनी ही रोशनी से*
*ऐसे तुमने मुझमें क्या जगा दिया"*

जब आप खुद मशाल बन जाते हैं तो बहुत लोग आप पर निर्भर हो जाते हैं...लेकिन आपको शायद आगे का सफ़र अकेले भी तय करना पड़ सकता है... इसके लिए भी तैयार रहें

सच्चा प्यार आपको अपने ही सर्वोत्तम रूप में ढाल देता है... ये प्यार की विरासत है... इसे सम्भाल कर रखें... बहुत नाज़ुक मोड़ है ये... एक अद्भुत, विरले प्रेम और एक साधारण प्यार का अंतर इसी दौर की कामयाबी पर निर्भर है... याद रखें इससे पहले का समय उदासी का है...अगर स्वयं से प्रेम नहीं कर पाए तो जिसके प्यार का दावा करते हैं... वो भी धीरे धीरे एक फीकी याद या फिर मलाल बन कर रह जाएगा... हम प्रेम को नहीं, प्रेम हमें चुनता है और अगर आप वो खुशक़िस्मत हैं जिसे प्रेम ने अपना मुखिया चुना तो आपका भी फ़र्ज़ है कि अपना सबसे शानदार और पाक साफ़ किरदार बनाइए और इस प्रेम के परचम को लहराइये...

ये गहरा और दिलचस्प सफ़र है . मेरे हमसफ़र बनिए

Gyaan, Karm, Bhakti ya Prem... inn sabka pehla aur sabse pavitra uddeshya hai khud ki pehchan, nij ki khoj aur swayam se prem... ye padaav poori yatra ka haasil hai...ye apne aap mein manzil hai... jo swayam se prem nahin kar sakta, khud ki roshni nahin pehchanta who na toh kisi ko poore mann se niswaarth prem kar sakta hai aur na hi kisi ke deeye ki lau bann sakta hai

*"Chamakne laga apni hi Roshni se*
*Aisa tumne mujh mein kya jaga diya"*

Jab aap khud mashaal bann jaate hain toh bahut log aap par nirbhar ho jaate hain... lekin aapko shayad aage ka safar akele bhi tay karna pad sakta hai... iske liye bhi tayyar rahein

Bahut nazuk mod hai ye... ek adbhut, virle prem aur ek sadharan pyar ka antar isi daur ki kamyabi par nirbhar hai...

Yaad rakhein iss se pehle ka samay udaasi ka hai... agar swayam se prem nahin kar paaye toh jisske pyar ka daawa karte hain wo bhi dheere dheere ek pheeki yaad ya phir malaal bann kar reh jayega...

Hum prem ko nahin, prem humein chunta hai... aur agar aap wo khushkismat hain jise prem ne apna mukhiya chuna toh aapka bhi farz hai ki apna sabse shandaar aur paak saaf kirdaar banayiye aur iss prem ke parcham ko lehraiye...

Ye gehra aur dilchasp safar hai, mere humsafar baniye...

## मशाल बन जलती रहती है

उजाले कम ना हों मशाल बन जलती रहती है
वो कोहरे में एक कोना पकड़ चलती रहती है
वाक़िफ़ है अपनी मुख़्तलिफ़ शख़्सियत से वो
पर अपनों के लिए एक साँचे में ढलती रहती है

बात उसूलों की हो तो चट्टान के जैसे खड़ी है
और जज़्बातों में मोम की तरह पिघलती रहती है

कब तक बदलते जाएँगे ज़माने के हिसाब से
वो रोज़ ख़ुद को थोड़ा बदलती रहती है

ख़्वाबों की तन्हाई में तो सब मचल लेते हैं
वो हक़ीक़तों की भीड़ में भी मचलती रहती है

नाप रही है भँवर और अपने जिगर की गहराई
वो फ़िलहाल किनारे किनारे संभलती रहती है

***

## Mashaal Bann Jalti Rehti Hai

Ujaale kam na hon mashaal ban jalti rehti hai
Wo kohre mein ek kona pakad chalti rehti hai
Waqif hai apni mukhtalif shakhsiyat se wo
Par apno ke liye ek saanche mein dhalti rehti hai

Baat usoolon ki ho toh chattan ke jaise khadi hai
Aur jazbaaton mein mom ki tarah pighalti rehti hai

Kab tak badalte jaayenge zamaane ke hisaab se
Wo roz khud ko thoda badalti rehti hai

Khwabon ki tanhai mein toh sab machal lete hain
Wo haqiqaton ki bheed mein bhi machalti rehti hai

Naap rahi hai bhanwar aur apne jigar ki gehrayi
Wo filhaal kinare kinare sambhalti rehti hai

***

## हाँ मैं अभिमान नहीं रखती

हाँ मैं अभिमान नहीं रखती
रखती हूँ ललक सीखने की
बारिशों में पूरा भीगने की
रखती हूँ तलब ख़ुद को तराशने की
मेरे उखड़े हिस्से मेरे उभरे किनारे
जो मुझे अतीत से मिले हैं वो नरम हो जाएँ
उनके नुकीले कोने किसी को चुभ ना जाएँ
हाँ मैंने जीया है अपना सच गौण कर
अपने आंसू मौन कर
जीया हैं मैंने तुम्हारा आडम्बर
जीया है तुमको और तुम्हारा घर
पर इन सबका मैं गुणगान नहीं रखती
हाँ मैं अभिमान नहीं रखती

रखती हूँ एक उमंग
अपने को उभारने की, सुधारने की
अपने अंदर की नारी को सम्मान दूँ
अपने अस्तित्व को सही पहचान दूँ
हाँ मैं जूझती हूँ, बूझती हूँ ख़ुद से अपने अंदर
करती हूँ पर जताती नहीं
सहती हूँ पर बताती नहीं
और फिर भी जानती हूँ
ये सब क्षणिक है, अल्पजीवी है
मैं और तुम इस ब्रह्मांड में अणु हैं
इसलिए क्षमा करती हूँ, तुमको ख़ुदको सबको
हृदय सरल रखती हूँ इसमें ऊफान नहीं रखती
हाँ मैं अभिमान नहीं रखती

## Haan Main Abhimaan Nahin Rakhti

Haan main abhimaan nahin rakhti
Rakhti hoon lalak seekhne ki
Barishon mein poora bheegne ki
Rakhti hoon talab khud ko tarashne ki
Mere ukhde hisse mere ubhre kinaare
Jo mujhe ateet se mile hain wo naram ho jayein
Unke nukeele kone kisi ko chubh naa jayein
Haan maine jiya hai apna sach gaun kar
Apne aansoo maun kar
Jiya hai maine tumhara aadambar
Jiya hai tumko aur tumhara ghar
Par inn sabka main gungaan nahin rakhti
Haan main abhimaan nahin rakhti

Rakhti hoon ek umang
Apne ko ubharne ki, sudharne ki
Apne andar ki naari ko sammaan doon
Apne astitav ko sahi pehchaan doon
Haan main joojhti hoon, boojhti hoon khud se apne andar
Karti hoon par jataati nahin
Sehti hoon par bataati nahin
Aur phir bhi jaanti hoon
Ye sab kshanik hai, alpjeevi hai
Main aur tum iss brahmaand mein anuu hain
Isliye kshma karti hoon, tumko khudko sabko
Hriday saral rakhti hoon ismein ufaan nahin rakhti
Haan main abhimaan nahin rakhti

मुझे ज्ञात है मैं पूर्ण नहीं हूँ
निर्लेप नहीं हूँ निष्पाप नहीं हूँ
पर आभारी हूँ इस अपूर्णता की
इस अभाव की, इस दर्द की
जिसे मैं भावना में पिरो कर
प्रेम में जड़ कर आभूषण बना देती हूँ

रखती हूँ ज्ञान पीड़ा का
रखती हूँ भान प्रेम का
जो मुझे मिला, या
मैंने ख़ुद को दिया या फिर तुमको
प्रयत्न करती हूँ इसके परिणाम को
मद्धम कर सकूँ, तुम्हें और अपने को
इससे स्वतंत्र कर सकूँ
मुझे जाना है बहुत दूर भारी सामान नहीं रखती
हाँ मैं अभिमान नहीं रखती

***

Mujhe gyaat hai main poorn nahin hoon
Nirlep nahin hoon nishpaap nahin hoon
Par aabhari hoon iss apoornta ki
Iss abhaav ki, iss dard ki
Jise main bhavna mein piro kar
Prem mein jadd kar, aabhushan bana deti hoon

Rakhti hoon gyan peeda ka
Rakhti hoon bhaan prem ka
Jo mujhe mila, ya
Maine khud ko diya, ya phir tumko
Prayatn karti hoon iske parinaam ko
Madham kar saku, tumhe aur apne ko
Iss se swatantra kar saku
Mujhe jaana hai bahut door bhaari samaaan nahin rakhti
Haan main abhimaan nahin rakhti

***

## मैं अब पूरी तरह मैं होना चाहती हूँ...

मैं अब पूरी तरह मैं होना चाहती हूँ...
हाँ मैंने देख लिया है, मैंने छू लिया है,
कुछ देर जी लिया है
अपनी आत्मा का वो कोना जहां सिर्फ़ मैं हूँ...
मैं वो जो पूर्ण है...
मैं वो जो उस परम का अंश है

मैं वो जो इस सृष्टि का मूल है
मैं वो जो सब है पर कुछ भी नहीं
मैं वो जो अणु सा अदृश्य परंतु,
मैं फिर भी ब्रह्मांड सा विशाल
मैं वो जो निज और निजता से परे
मैं अपने रूहमीत में घुली हुई
प्रेम सागर में बैठ क्षितिज की ओर जाती हुई
उस यात्रा पर जो मेरा लक्ष्य है
जहां ये "मैं" फिर उस असीम शून्य में समा जाए
इस नयी पहचान को नहीं खोना चाहती हूँ
मैं अब पूरी तरह मैं होना चाहती हूँ...

## Main Ab Poori Tarah Main Hona Chahti Hoon

Main ab poori tarah main hona chahti hoon
Haan maine dekh liya hai, maine chhoo liya hai,
Kuch der jee liya hai
Apni atma ka wo kona, jahan sirf main hoon
Main wo jo poorn hai...
Main wo jo uss param ka ansh hai

Main wo jo iss srishti ka mool hai
Main wo jo sab hai par kuchh bhi nahin
Main wo jo anuu sa adrishay parantu,
Main phir bhi brahmaand sa vishal
Main wo jo nij aur nijta se pare
Main apne ruhmeet mein ghuli hui
Prem sagar mein baith kshitij ki ore jaati hui
Uss yatra par jo mera lakshay hai
Jahan ye "main" phir uss aseem shoonya mein sama jaaye
Iss nayi pehchaan ko nahin khona chahti hoon
Main ab poori tarah main hona chahti hoon...

स्पष्ट है मुझे अब अपने ध्येय का पता
ये ना अटकन है अब ना भटकन है
ये मेरी निर्मल निष्पाप आत्मा का स्वर है
मुझे सुनना है अब ये स्वर प्रतिदिन
इस अल्प अनुभूति को चिरंजीवी करना है
मेरा प्रथम कर्तव्य है अब
अपनी आत्मा के उस कोने को जगह दूँ
ऐसी जगह जहां वो विस्तार हो
ऐसे पोषित हो की पुरानी "मैं" अदृश्य हो जाए

सजा कर सहेज कर समेट कर नयी "मैं"
प्रस्तुत करूँ भविष्य के आँचल में
ना बोझ ना कलह ना उधार ना आशा
किसी भी मैले आवरण को उतार नग्न आत्मा
पर को तज स्व रूप को धोना चाहती हूँ
मैं अब पूरी तरह मैं होना चाहती हूँ...

***

Spasht hai mujhe ab apne dhyey ka pata
Ye na atkan hai ab na bhatkan hai
Ye meri nirmal nishpaap atma ka swar hai
Mujhe sunna hai ab ye swar pratidin
Iss alp anubhooti ko chiranjiwi karna hai
Mera pratham kartavya hai ab
Apni atma ke uss kone ko jagah doon
Aisi jagah jahan wo vistaar ho
Aise poshit ho ki purani "main" adrishay ho jaaye

Saja kar sahej kar samet kar nayi "main"
Prastut karoon bhavishay ke aanchal mein
Naa bojh naa kalah naa udhaar naa asha
Kisi bhi maile aavaran ko utaar nagn atma
Par ko taj swarup ko dhona chahti hoon
Main ab poori tarah main hona chahti hoon

***

## सार जो अब तक मिला नहीं था सारा हो तुम

जीने का गुरूमंत्र सिखाती जीवन धारा हो तुम
सार जो अब तक मिला नहीं था सारा हो तुम

संयम संबल सत्य विवेक लिए
सागर मंथन भावों का अतिरेक लिए
हो धीर गम्भीर जैसे योगिनी कभी
हो मस्त मेघ मल्हार रागिनी कभी
गीली घास सौंधी मिट्टी बारिश की बूँदे
सावन बन जाए बाहें फैलाए आँखे मूँदे

फूल सखा हैं पेड़ मीत और पवन सहेली
बारी बारी खेले सबसे एक अकेली
ओस के मोती पीती है
हर पल पूरा जीती है
मुस्कुराती प्रकृति का नज़ारा हो तुम
जीने का गुरूमंत्र सिखाती जीवन धारा हो तुम
सार जो अब तक मिला नहीं था सारा हो तुम

बाहर अब कुछ लांघना नहीं है
किसी से अब कुछ माँगना नहीं है
अपने अंदर ही कुछ गड्ढे अभी भरे नहीं
कुछ ज़ख़्म हैं सिलने चाहे अब वो हरे नहीं
मेरी श्वेत आत्मा के पटल पर
कुछ छींटे हैं अतीत के
कुछ अपनो के कुछ सपनो के
कुछ रिश्तों के कुछ रीत के
पोंछ कर फिर निर्मल करना है
बिना खरोंच के या दाग के
फिर लहराये श्वेत आत्मा

## Saar Jo Ab Tak Mila Nahin Tha Saara Ho Tum

Jeene ka guru mantra sikhati jeevan dhaara ho tum
Saar jo ab tak mila nahin tha saara ho tum

Sanyam sambal satya vivek liye
Sagar manthan bhaavon ka atirek liye
Ho dheer gambhir jaise yogini kabhi
Ho mast megh malhaar ragini kabhi
Geeli ghaas saundhi mitti baarish ki boondein
Saawan bann jaaye baahein failaye aankhein moondein

Phool sakha hain ped meet aur pawan saheli
Baari baari khele sabse ek akeli
Oas ke moti peeti hai
Har pal poora jeeti hai
Muskurati prakriti ka nazara ho tum
Jeene ka guru mantra sikhati jeevan dhara ho tum
Saar jo ab tak mila nahin tha saara ho tum

Bahar ab kuchh laanghna nahin hai
Kisi se ab kuchh maangna nahin hai
Apne andar hi kuchh gaddhe abhi bhare nahin
Kuch zakham hain silne chaahe ab wo hare nahin
Meri shwet atma ke patal par
Kuch chheetein hain ateet ke
Kuch apno ke kuchh sapno ke
Kuch rishton ke kuchh reet ke
Ponchh kar phir nirmal karna hai
Bina kharonch ke ya daag ke
Phir lehraye shwet atma

रंगू अपने रंग गीत मन राग के
कभी आकाश गंगा कभी ध्रुव तारा हो तुम
जीने का गुरूमंत्र सिखाती जीवन धारा हो तुम
सार जो अब तक मिला नहीं था सारा हो तुम

कोई मनमीत मिले हो मेरे जैसा
कभी संग चलूँ कभी उड़ जाऊँ
कभी एक मुँडेर पर शाम बिताएँ
कभी अपनी गलियों मुड़ जाऊँ
देख मेरे मन आँगन में
बस प्रेम भरा बस प्रीत भरी
कान्हा राधा मिल जाएँ जब
बजे बांसुरी संगीत भरी
मन पर सेतु बांध लिया है
जीवन रस को साध लिया है
अब यात्रा आत्म विस्तार तक
सत् चित आनंद के द्वार तक
अहम ब्रहास्मि का नारा हो तुम
जीने का गुरूमंत्र सिखाती जीवन धारा हो तुम
सार जो अब तक मिला नहीं था सारा हो तुम

***

Rangu apne rang geet mann raag ke
Kabhi akaash ganga kabhi dhruv taara ho tum
Jeene ka guru mantra sikhati jeevan dhara ho tum
Saar jo ab tak mila nahin tha saara ho tum

Koi manmeet mile ho mere jaisa
Kabhi sang chalu kabhi udd jaaoon
Kabhi ek munder par shaam bitaayein
Kabhi apni galiyon mudh jaaoon
Dekh mere mann aangan mein
Bas prem bhara bas preet bhari
Kanha Radha mil jaayein jab
Baje bansuri sangeet bhari

Mann per setu baandh liya hai
Jeevan ras ko saadh liya hai
Ab yatra aatm vistaar tak
Sat chit anand ke dwaar tak
Aham brahmasmi ka naara ho tum
Jeene ka gurumantra sikhati jeevan dhara ho tum
Saar jo ab tak mila nahin tha saara ho tum

***

## मैं दरिया हूँ जो बहता है

ना तेरी खरोंच से खुद को दर्द दूँ
ना अपने आप को तुझ पे खर्च दूँ
मेरी नब्ज़ मेरे इख़्तियार में है
मेरी हस्ती रूहानी प्यार में है
मेरा सफ़र ही मेरी पहचान है
कोई पगडंडी नहीं ये उड़ान है
मेरे लफ़्ज़ों में क़ीमती राज़ हैं
मेरे ख़याल ही मेरे जहाज़ हैं
मेरे संग चल सको तो हाँ चलो
जितना ढल सको तो हाँ ढलो
मैं राह नहीं गवाह हूँ
मैं रिश्ता नहीं मैं चाह हूँ
मैं दरिया हूँ जो बहता है
मेरे अंदर सागर रहता है
मेरा लक्ष्य निज विस्तार है
आत्म-परमात्म का द्वार है

***

## Main Dariya Hoon Jo Behta Hai

Na teri kharonch se khud ko dard doon
Na apne aap ko tujhpe kharch doon
Teri nabz mere ikhtiyaar mein hai
Meri hasti roohani pyar mein hai
Mera safar hi meri pehchaan hai
Koi pagdandi nahin ye udaan hai
Mere lafzo mein keemti raaz hain
Mere khayal hi mere jahaaz hain
Mere sang chal sako toh haan chalo
Jitna dhal sako toh haan dhalo
Main raah nahin gawah hoon
Main rishta nahin main chah hoon
Main dariya hoon jo behta hai
Mere andar sagar rehta hai
Mera lakshay nij vistaar hai
Aatm-parmaatm ka dwaar hai

***

# Chapter 8

# सुकून/Sukoon

शांति, सरलता और समभाव पिछले सारे रास्तों और भावनाओं की पूर्णाहुति जैसा है। अगर प्रेम कहानी एक हवन है तो मानो यहाँ ये पूर्ण हुआ। इस होम में आप सब आशंकाओं, अधूरी ख़्वाहिशों, घबराए सपनों, रंजिशों की आहूति दे देते हैं।
ना पाने की ललक, ना खोने का डर... निज की खोज कई बार अहंकार या अहम को जन्म दे सकती है... आपको दूसरों से ऊँचा और अलग होने का ग़ुरूर दे सकती है। लेकिन शांति का पड़ाव सरलता और विनम्रता का है...अहम का वहम ग़ायब हो जाता है। आप अंदर से गहरे लेकिन सरल और ऊपर से शांत और निर्मल हो जाते हैं।

यात्रा यहाँ समाप्त भी हो जाए तो मान लीजिए एक बेहतरीन जीवन जी लिया आपने, प्रेम सार्थक हो गया आपका।
कशिश, चाहत, उम्मीद, उदासी... ये सब पानी में उठने वाली लहरें हैं। ये समंदर का कोलाहल हैं... उसका संगीत हैं लेकिन शांति... समंदर का मौन है... ये उसका मनन है और सबसे मधुर ध्वनि मौन की होती है, सबसे सुखद रस शांत रस है।

उस शांत, समभाव दौर तक पहुँचने के और भी रास्ते हैं लेकिन अगर प्रेम के रास्ते पहुँचेंगे तो मधुर बने रहेंगे। दूसरों से दूर, अपने में गुम शांति आपको अछूत या अलग कर सकती है लेकिन प्रेम के माध्यम से प्राप्त मधुर शांति आपको अपने में मग्न लेकिन फिर भी संसार के लिए प्रेरणा बना देती है। सब में रहकर भी आप अपने में रहते हैं।

मैं भी प्रयास में हूँ कि कैसे निर्लेप रहा जाता है.. निर्जीव नहीं… समर्थ रहा जाता है… स्वार्थी नहीं… समर्थन करिए इस प्रयास का।

Shaanti, saralta aur sambhaav pichhle saare raston aur bhawnaon ki poornahuti jaisa hai. Agar prem kahani ek hawan hai toh maano yahan ye poorn hua. Iss houm mein aap sab akankshaon, adhoori khwaishon, ghabraye sapno, ranjishon ki aahuti de dete hain.
Na paane ki lalak, na khone ka darr... nij ki khoj kayi baar ahankaar ya aham ko janam de sakti hai. Aapko doosron se ooncha aur alag hone ka guroor de sakti hai... lekin shaanti ka padav saralta aur vinamarta ka hai. Aham ka veham gayab ho jaata hai, aap andar se gehre lekin saral aur oopar se shaant aur nirmal ho jaate hain.

Yatra yahan samapat bhi ho jaaye toh maan lijiye ek behtareen Jeevan jee liya aapne... prem sarthak ho gaya aapka.
Kashish, chaahat, ummeed, udaasi ye sab paani mein uthne wali lehrein hain... ye samandar ka kolahal hai... uska sangeet hain, lekin shaanti... samander ka maun hai... ye uska manan hai... aur sabse madhur dhwani maun ki hoti hai... sabse sukhad ras shaant ras hai.

Uss shaant, sambhav daur tak pahunchne ke aur bhi raaste hain, lekin agar prem ke raste pahunchenge toh madhur bane rahenge... doosron se door, apne mein gum shaanti apko achhoot ya alag kar sakti hai, lekin prem ke madhyam se prapt madhur shaanti aapko apne mein magan lekin phir bhi sansaar ke liye prerna bana deti hai. Sab mein reh kar bhi aap apne mein rehte hain.

Main bhi prayaas mein hoon ki kaise nirlep raha jaata hai... nirjeev nahin...samarth raha jaata hai swaarthi nahin... samarthan kariye iss prayaas kaa.

ना वादा ना मिन्नत ना ख़लिश ना रहमत
है इरादा है भरोसा है ताक़त है मोहब्बत
ना एहसान ना क़ैद ना उलझन ना मुसीबत
है वरदान है रिहाई है सुकून है मोहब्बत
ना इंतज़ार ना क़हर ना बेचैनी ना हुकूमत
है इत्मिनान है सहर है राहत है मोहब्बत
ना ज़िद्द ना सवाल ना कमी ना आदत
है एहसास है ख़याल है ढाल है मोहब्बत

Na vaada na minnat na khalish na rehmat
Hai iraada hai bharosa hai taakat hai mohabbat
Na ehsaas na qaid na uljhan na museebat
Hai vardaan hai rihaai hai sukoon hai mohabbat
Na intezaar na kehar na bechaini na hukumat
Hai itminaan hai sehar hai raahat hai mohabbat
Na zidd na sawaal na kami na aadat
Hai ehsaas hai khayal hai dhaal hai mohabbat

..............................................

मेरी वेदना पर तुम्हारी संवेदना का स्नेह लेप
मेरे भीतर कोलाहल पर तुम्हारे मौन का स्पर्श
तुम थे तो तुम्हारी संवेदना, मौन की पात्र मैं बनी
अब तुम नहीं हो तो मैं इनका स्रोत हो गयी हूँ
हाँ तुम्हारी कमी है पर तुमसे ओतप्रोत हो गयी हूँ

Meri vedna par tumhari samvedna ka sneha lep
Mere bheetar kolahal par tumhare maun ka sparsh
Tum the toh tumhari samvedna, maun ki paatr main bani
Ab tum nahin ho toh main inka srot ho gayi hoon
Haan tumhari kami hai par tumse otprot ho gayi hoon

***

वो कुछ ऐसे क़िस्मत का मज़ाक़ उड़ाता है
सिर्फ़ हवा में या रेत पर क़िले बनाता है
हालात उसका कभी क्या बिगाड़ सके
वक़्त बदलने से पहले ख़ुद बदल जाता है

Wo kuchh aise qismat ka mazaak udata hai
Sirf hawa mein ya ret par kiley banata hai
Halaat uska kabhi kya bigaad sakey
Waqt badalne se pehle khud badal jaata hai

..............................................

दिल की सुर्ख़ ज़मीं पर गेरुआ भेष हो तुम
अनुराग में वैराग सिखाती दरवेश हो तुम

Dil ki surkh zameen par gerua bhesh ho tum
Anurag mein vairaag sikhati darvesh ho tum

..............................................

सरल रहने की कोई वजह ढूँढ लेती है
बहस ख़ुद से हो या जग से सुलह ढूँढ लेती है
गहराइयाँ भी हैं उसके अंदर और किनारे भी
जो पाँव उखड़ने लगे नयी सतह ढूँढ लेती है

Saral rehne ki koi wajah dhoondh leti hai
Behes khud se ho ya jag se sulah dhoond leti hai
Gehraayian bhi hain uske andar aur kinaare bhi
Jo paanv ukhadne lage nayi satah dhoond leti hai

***

मेरी सोच का कोई दायरा नही,
ना इसे टोकती हूँ ना सज़ा देती हूँ
ये सिर्फ़ मेरी प्रतिभा का कमाल है
पैर ज़मीं पर हैं, उड़ने का मज़ा लेती हूँ

Meri soch ka koi daayra nahin,
Naa ise tokti hoon na sazaa deti hoon
Ye sirf meri pratibha ka kamaal hai
Paer zamin par hain udne ka mazaa leti hoon

..................................................

मेरे अंदर कहीं घुप एक अंधेरा है
वहाँ छिपा है जो सच मेरा है
निकलेगी रोशनी कि चटक वहीं से
रात गहरी है पर पीछे ही सवेरा है

Mere andar kahin ghupp ek andhera hai
Wahan chhipa hai jo sach mera hai
Niklegi roshni ki chatak wahin se
Raat gehri hai par peeche hi sawera hai

***

सागर भी हो और लहर भी हो
इत्मिनान हो और क़हर भी हो

रोज़ डूबते उगते हैं सूरज इसमें
सुनहरी शाम हो और सहर भी हो

धूप में अलसाता गाँव हो
आधी रात में जागता शहर भी हो

ख़ुद में लिपटी ऊँघती वादी हो
पहाड़ को चीरती नहर भी हो

आग़ोश में पनाह देता किनारा हो
तैरने को उकसाती लहर भी हो

Sagar bhi ho aur lehar bhi ho
Itminaan ho aur kehar bhi ho

Roz doobte ugte hain suraj isme
Sunehri shaam ho aur sehar bhi ho

Dhoop mein alsaata gaon ho
Aadhi raat mein jaagta shehar bhi ho

Khud mein lipti oonghti vaadi ho
Pahad ko cheerti nehar bhi ho

Aagosh mein panah deta kinara ho
Tairne ko uksaati lehar bhi ho

***

## जिनका इश्क़ गहरा होता है दिल भारी नहीं रखते

बहुत दूर जाते हैं जो अहम की सवारी नहीं रखते
बेफ़िक्री जब गहना हो चेहरे पर बेज़ारी नहीं रखते
अक्सर जेब ख़ाली देखी है भरी तिजोरी वालों की
जिनका इश्क़ गहरा होता है दिल भारी नहीं रखते

जुदाई मोहब्बत में कड़ा इम्तिहान लेती है
कच्चे आशिक़ हैं जो इसकी तैयारी नहीं रखते

तेरी ख़ुशबू से तो मेरा रोम रोम महकता है
सिर्फ़ आँखों में महबूब की खुमारी नहीं रखते

चाहत मे सब लुटाकर मालामाल होते हैं
असल व्यापारी अपनी हिस्सेदारी नहीं रखते

हस्ती मिटानी पड़ती है फिर यार हो या मौला
जिन्हें बंदगी पूरी करनी हो ख़ुद्दारी नहीं रखते

***

## Jinka Ishq Gehra Hota Hai Dil Bhaari Nahin Rakhte

Bahut door jaate hain jo eham ki sawari nahin rakhte
Befikri jab gehna ho chehre par bezaari nahin rakhte
Aksar jeb khali dekhi hai bhari tijori waalon ki
Jinka ishq gehra hota hai dil bhaari nahin rakhte

Judaai mohabbat mein kada imtihaan leti hai
Kachche aashiq hain jo iski tayyari nahin rakhte

Teri khushboo se toh mera rom rom mehakta hai
Sirf ankhon mein mehboob ki khumari nahin rakhte

Chaahat mein sab lutakar malamaal hote hain
Asal vyapaari apni hissedaari nahin rakhte

Hasti mitaani padti hai phir yaar ho ya maula
Jinhe bandagi poori karni ho khuddari nahin rakhte

***

## मैं ख़ुदा की आवाज़ तेरी ज़ुबानी सुनता हूँ

तेरे लहजे में अपनी कहानी सुनता हूँ
झरना होकर दरिया की रवानी सुनता हूँ
सब कह देता है जो लाज़मी है मेरे वास्ते
मैं ख़ुदा की आवाज़ तेरी ज़ुबानी सुनता हूँ

वक़्त के साथ इनके मायने बदल जाते हैं
कहानियाँ दिलचस्प हैं ये पुरानी सुनता हूँ

हर क़ीमती चीज़ मिलती नहीं विरासत में
दिल की दौलत पड़ती है कमानी सुनता हूँ

उस एक पागल पर सारा शहर हँसता था
बातें करता है अब वो भी सयानी सुनता हूँ

सूख जाती है जब मेरी ग़ज़ल की स्याही
तेरे होठों में डूबी गुफ़्तगू सुहानी सुनता हूँ

ख़ुदी मिटे तो फिर ख़ुद से मिलो या ख़ुदा से
कबीरा था दीवाना मीरा भी दीवानी सुनता हूँ

***

## Main Khuda Ki Awaaz Teri Zubani Sunta Hoon

Tere lehje mein apni kahani sunta hoon
Jharna hokar dariyaa ki rawani sunta hoon
Sab keh deta hai jo laazmi hai mere vaaste
Main khuda ki awaaz teri zubani sunta hoon

Waqt ke saath inke maayne badal jaate hain
Kahaniyan dilchasp hain ye purani sunta hoon

Har keemti cheez milti nahin virasat mein
Dil ki daulat padti hai kamani sunta hoon

Uss ek pagal par saara shehar hasta tha
Baatein karta hai ab wo bhi sayani sunta hoon

Sookh jaati hai jab meri ghazal ki sayahi
Tere hothon mein doobi guftgu suhani sunta hoon

Khudi mite toh phir khud se milo ya khuda se
Kabeera tha diwana meera bhi diwani sunta hoon

***

## क्या करूँ तू महबूब है मेरा उस्ताद भी है

मोहब्बत ताज है फ़र्ज़ तेरी बुनियाद भी है
तू रूहमीत है मेरा मुझसे आज़ाद भी है
तेरा एहतराम मेरी जिद्द पर भारी है
क्या करूँ तू महबूब है मेरा उस्ताद भी है

हम साथ हों तो मुझमें पूरा खो जाना
पर याद रख तेरा वजूद मेरे बाद भी है

तू हमसफ़र है तो ज़िंदगी मीठी लगती है
पर अकेले राह बनाने का अपना स्वाद भी है

क्यों परखता है ख़्वाहिशों के सिक्के उछाल कर
ज़िंदगी तेरी सोच से परे जायदाद भी है

वरदान है तो कम ज़्यादा की शर्तें ना रख
सर झुका अपना ले ये प्रेम प्रसाद भी है

तेरी मुस्कान में मैं झलकती हूँ, भूलना मत
ये मेरा पैग़ाम भी है मेरी फ़रियाद भी है

***

## Kya Karu Tu Mehboob Hai Mera Ustad Bhi Hai

Mohabbat taaj hai farz teri buniyaad bhi hai
Tu ruhmeet hai mera mujhse azaad bhi hai
Tera ehteraam meri zidd par bhaari hai
Kya karu tu mehboob hai mera ustad bhi hai

Hum saath hon toh mujhmein poora kho jaana
Par yaad rakh tera wajood mere baad bhi hai

Tu humsafar hai toh zindagi meethi lagti hai
Par akele raah banane ka apna swad bhi hai

Kyon parakhta hai khwaishon ke sikke uchhaal kar
Zindagi teri soch se pare jaedaad bhi hai

Vardaan hai toh kam zyada ki shartein na rakh
Sar jhuka apna le ye prem prasaad bhi hai

Teri muskaan mein main jhalakti hoon bhoolna mat
Ye mera paigaam bhi hai meri fariyaad bhi hai

***

## वो मुझको मुझी से मिलाता चला गया

वो मुझको मुझी से मिलाता चला गया
ज़हन से परदे हटाता चला गया
उसे ग़रज़ मैं सस्ते दामों ना बिक जाऊँ
वो बोली पे बोली लगाता चला गया

भूल जाऊँ मैं अब दुनिया के जैसा बनना
अपने जैसा इरादतन बनाता चला गया

कोई और क्यों हुस्न मेरा तौसीक करे
वो मेरा ही आईना सजाता चला गया

उड़ना साथ उसके आसमानों की पनाह में
छतों तले दीवारें गिराता चला गया

हो राह-ए-गुज़र कोई उसका एहसास हमसफ़र
वो दूर रह कर भी साथ निभाता चला गया

***

## Wo Mujhko Mujhi Se Milata Chala Gaya

Wo mujhko mujhi se milata chala gaya
Zehen se parde hatata chala gaya
Usse garaz main saste daamo na bik jaun
Wo boli pe boli lagata chala gaya

Bhool jaun main ab duniya ke jaisa banna
Apne jaisa iradtan banata chala gaya

Koi aur kyun husn mera tauseek kare
Wo mera hi aaina sajata chala gaya

Udna saath uske aasmano ki panah mein
Chhaton taley deewarein girata chala gaya

Ho raah-e-guzar koi uska ehsaas humsafar
Wo door reh kar bhi saath nibhata chala gaya

***

## ये सैलाब है तो तैर उस पार मिलना

ये मंथन है तो विष पीने तैयार मिलना
ये जंग है तो रथ पर सवार मिलना
ये भँवर है तो मुझे साथ खींच लेना
ये सैलाब है तो तैर उस पार मिलना

पाक रूह पर पर्दा पड़ा है जिस्म का
मुझे मिलना तो ये पर्दा उतार मिलना

उम्र एक ही है इत्तेफ़ाक हो ना हो
बहाने सौ हैं मुझे बार बार मिलना

हर मुलाक़ात आख़री हो सकती है
नए वादों से होके ख़बरदार मिलना

नहीं मानता ज़िंदा रहे तो फिर मिलेंगे
मर जाएँगे जो छोड़ देंगे यार मिलना

***

## Ye Sailaab Hai to Tair Uss Paar Milne

Ye manthan hai to vish peene taiyaar milna
Ye jung hai to rath par sawaar milna
Ye bhanwar hai to mujhe saath kheench lena
Ye sailaab hai to tair uss paar milna

Paak ruh par parda pada hai jism ka
Mujhe milna to ye parda utaar milna

Umr ek hi hai ittefaq ho na ho
Bahane sau hain mujhe baar baar milna

Har mulaqat aakhri ho sakti hai
Naye vaadon se hoke khabardaar milna

Nahi manta zinda rahe to phir milenge
Mar jayenge jo chhod denge yaar milna

***

अपनी दौलत बेहिसाब हम फ़क़ीरों की क्या बात
मौज दिल में हँसी होंठों पर सबसे बड़ी सौग़ात
बेख़ौफ़ उड़ते हैं खुला आसमान अपना आँगन है
आज़ादी बिकाऊ नहीं सुनहरी पिंजरे की क्या औक़ात

Apni daulat behisaab hum fakiron ki kya baat
Mauj dil mein hansi hothon par sabse badi saugaat
Bekhauf udte hain khula aasmaan apna aangan hai
Aazaadi bikau nahi sunehri pinjre ki kya aukaat

***

## अलग बात है

दिल बहलाना आसाँ होता है
दिल को समझा लेना अलग बात है
किसी का हो जाना आसाँ होता है
उसी को पा लेना अलग बात है

मानो तो हर फूल खिला है तुम्हारे लिए
गुलदस्ते में सजा लेना अलग बात है

सूरज ढलने से अंधेरा नहीं होता
अपना चिराग़ बुझा लेना अलग बात है

राज़ कोई छिपता नहीं आँखों में देर तक
सीने में दबा लेना अलग बात है

कैसे रोकता वो मुस्कुरा के जुदा हुआ
रूठे को मना लेना अलग बात है

महक जिस्म की ठहरती नहीं जिस्म पर
साँसों में समा लेना अलग बात है

इश्क़ में सर आँखों सब बिठाते हैं
सजदे सर झुका लेना अलग बात है

***

## Alag Baat Hai

Dil behlana aasaan hota hai
Dil to samjha lena alag baat hai
Kisi ka ho jana aasaan hota hai
Ussi ko paa lena alag baat hai

Maano to har phool khila hai tumhare liye
Guldaste mein sajaa lena alag baat hai

Sooraj dhalne se andhera nahi hota
Apna chiraag bujha lena alag baat hai

Raaz koi chhipta nahi aankhon mein der tak
Seene mein daba lena alag baat hai

Kaise rokta wo muskura ke juda hua
Roothe ko mana lena alag baat hai

Mehek jism ki thehrti nahi jism par
Saanso mein sama lena alag baat hai

Ishq mein sar aankhon sab bithate hain
Sajdc sar jhuka lcna alag baat hai

***

## भँवर में ऐसा सुलझा

भँवर में ऐसा सुलझा
तैरने में मज़ा आने लगा
ना किनारों की फ़िक्र रही
डूबने का डर जाने लगा

दुनिया के जश्न तारीख़ों से बंधे हैं
मैं रोज़ अपना ही जश्न मनाने लगा

आसमानों पर ना रास्ते हैं ना मंज़िलें
डोर उसे सौंप कर पतंगे उड़ाने लगा

रोशनी किसी की मिलकियत नहीं होती
सूरज को जलते जुगनू दिखाने लगा

कुछ जवाब मैंने वक्त पर छोड़ दिए
सवालों को गीतों में गुनगुनाने लगा

दुशवारियों ने मुझसे मुँह फेर लिया
जब से दुशवारियों में मुस्कुराने लगा

काँच के सपनों से खेला नहीं जाता
बच्चा बिन खिलौने खिलखिलाने लगा

लकीरें मिटा कर फ़क़ीरी ओढ़ ली
नए सिरे से क़िस्मत आज़माने लगा

## Bhanwar Mein Aisa Suljha

Bhanwar mein aisa suljha
Tairne mein mazaa aane laga
Na kinaron ki fikr rahi
Doobne ka darr jaane laga

Duniya ke jashn tareekhon se bandhe hain
Main roz apna hi jashn manane laga

Aasmaano par na raaste hain na manzilein
Dor usse saunp kar patangein udaane laga

Roshni kisi ki milkiyat nahi hoti
Sooraj ko jalte jugnu dikhane laga

Kuch jawaab maine waqt par chhod diye
Sawalon ko geeton mein gungunane laga

Dushvariyon ne mujhse muh fer liya
Jab se dushvariyon mein muskurane laga

Kaanch ke sapno se khela nahi jaata
Bachcha bin khilone khilkhilane laga

Lakirein mita kar fakeeri odh li
Naye sire se kismat aazmaane laga

## आ तरल रहते हैं

आ तरल रहते हैं
जब ऐसे रहते हैं तो सरल रहते हैं
जब मिलें दो लहरों की तरह, ज्वार हो जाएँ
फिर अपनी धुन में जीवन पथ पर सवार हो जाएँ
जब मिलें तो हवा की तरह घुल मिल जाएँ
फिर उड़ें इक दूसरे की महक ले खिल जाएँ
ना किसी एक पहचान ना किसी साँचे में ढलना है
ना किसी बुने हुए रास्ते चलना है
ना किसी छत ना छाँव में पलना है
आ मेरे मीत सारा आसमान तेरा है
उड़ान तेरी है, हर्ष मेरा अभिमान मेरा है
अपने पंखों की प्रतिभा पर विश्वास करें
क्षितिज भी दूर नहीं अब ये आस करें
फिर कभी जो बैठें पंछी इक डाल पर
बातें हवाओं के रुख़ मन की चाल पर
घुल जाएँ खुल जाएँ धुल जाएँ रूह मीत से
भर लें अपने पंखों में ईंधन रूहानी प्रीत से
समा कर इक दूसरे को अंदर फिर से उड़ चलें
नया आसमाँ इंतज़ार में है उसकी ओर मुड़ चलें

***

## Aa Taral Rehte Hain

Aa taral rehte hain
Jab aise rehte hain to saral rehte hain
Jab milein do lehron ki tarah, jwaar ho jayein
Phir apni dhun pe jeevan path par sawaar ho jayein
Jab milein toh hawa ki tarah ghul mil jayein
Phir udein ik doosre ki mehek le khil jayein
Na kisi ek pehchaan na kisi saanche mein dhalna hai
Na kisi bune hue raaste par chalna hai
Na kisi chhat na chhanv mein palna hai
Aa mere meet sara aasmaan tera hai
Udaan teri hai, harsh mera abhimaan mera hai
Apne pankho ki pratibha par vishwas karein
Kshitij bhi door nahi ab ye aas karein
Phir kabhi jo baithein panchhi ik daal par
Baatein hawaon ke rukh mann ki chaal par
Ghul jayein khul jayein dhul jayein ruhmeet se
Bhar lein apne pankho mein eendhan ruhani preet se
Sama kar ek doosre ko andar phir se udd chalein
Naya aasmaan intezaar mein hai uski ore mud chalein

***

# Chapter 9

# रूहानियत में परम की ओर / Ruhaniyat Mein Param Ki Ore

शांति एक बिंदु है, स्थूल है...वो हमेशा एक सी रहती है पर बहती नहीं. जो प्रेम के चरम को छूना चाहते है वो कहाँ एक जड़ बनकर रहना चाहते हैं... वो तो बहते हैं...
ये दो नदियों की रवानी का एक दूसरे में घुल कर सागर में मिलने का सफ़र है
ये दो आत्माओं का एक होकर परमात्मा से जुड़ने का प्रयास है...
यहाँ आप और प्रेमी दो अलग व्यक्ति नहीं रहते... ये एक में दो के जुड़ाव का पड़ाव है
यहाँ ना "मैं" रहता है ना "तुम" ये "हम" का मिलन है
आप अलग होकर भी हमेशा साथ हैं... फ़ासले बेमानी हो जाते हैं.
अगर आपका रूहमीत पास है तो एक साथ रूहानियत को महसूस करेंगे और अगर आपसे दूर है तो मीरा की तरह प्रेम ही प्रार्थना हो जाएगा
ये प्रेम का वो चरम है जो आपको भक्ति से मिला देगा और अब आपकी मंज़िल इस जन्म-मरण के आडम्बर से दूर उस परम की सेवा और उसकी सत्ता में अपने प्रेमी संग हमेशा के लिए रहना है...

अभी सिर्फ़ लिखा है उस चरम को... पाया नहीं ...अगर पा लूँ तो वो भी लिख सकूँ यही आशा है

***

Shanti ek bindu hai, sthool hai... wo hamesha ek si rehti hai par behti nahi hai... jo prem ke charam ko chhoona chahte hain wo kahan ek jad bann kar rehna chahte hain... wo to behte hain...
Yeh do nadiyon ki rawani ka ek dosre mein ghul kar sagar mein milne ka safar hai
Yeh do aatmaon ka ek ho paramatma se milne ka prayaas hai
Yahan aap aur premi do alag vyakti nahi rehte... ye ek mein do ke judaav ka padaav hai
Yahan na "main" rehta hai... na "tum" ye "hum" ka milan hai...
Aap alag ho kar bhi hamesha saath hain... faasle bemaani ho jaate hain...
Agar aap ka ruhmeet saath hai to ek saath ruhaniyat ko mehsoos karenge...
Aur agar aapse door hai to meera ki tarah prem hi prarthna ho jayega...
Yeh prem ka wo charam hai jo aapko bhakti se mila dega aur ab aapki manzil is janam maran ke adambar se door uss param ki sewa aur uski satta mein apne premi sang hamesha ke liye rehna hai...
Abhi sirf likha hai uss charam ko... paya nahi... agar paa loon to wo bhi likh sakoon yahi asha hai...

***

## उसके साथ जब सफ़र में आ गया

उसके साथ जब सफ़र में आ गया
लगा मकाँ से अपने घर में आ गया
उसकी गहराई मुझे किनारे ले आई
सिमट के समन्दर लहर में आ गया

रूह झाँक रहे थे अब आँखों के रास्ते
हुनर नया इश्क़ की नज़र में आ गया

बैठा वो रू-ब-रू कुछ देर इस तरह
चेहरा कायनात का मंज़र में आ गया

जाम भी हैरान था कैसे मदहोश है वो
हमारा नशा शराब के असर में आ गया

मुंतज़िर था अबतक जिसके लिए हमेशा
सुकून साथ उसके एक पहर में आ गया

रोशन रही वो शाम उसकी ही चाँदनी से
चाँद लेकर उजाला सहर में आ गया

जी तेरे साथ मैंने बाक़ी की बिता लूँगा
ज़िंदगी का हासिल तेरे महर में आ गया

मेरे लिए तो है मगर मेरा नहीं है वो
दर्द खुलके आँसुओं की नहर में आ गया

***

## Uske Saath Jab Safar Mein Aa Gaya

Uske saath jab safar mein aa gaya
Laga makaan se apne ghar mein aa gaya
Uski gehraai mujhe kinaare le aayi
Simat ke samandar lehar mein aa gaya

Ruh jhaank rahe the ab aankhon ke raaste
Hunar naya ishq ki nazar mein aa gaya

Baitha wo ru-b-ru kuchh der is tarah
Chehra kaynaat ka manzar mein aa gaya

Jaam bhi hairaan tha kaise madhosh hai wo
Hamara nasha sharaab ke asar mein aa gaya

Muntazir tha ab tak jiske liye hamesha
Sukoon saath uske ek pehar mein aa gaya

Roshan rahi wo shaam uski hi chandni se
Chaand lekar ujala sehar mein aa gaya

Ji tere saath maine baaki ki bita loonga
Zindagi ka haasil tere meher mein aa gaya

Mere liye to hai magar mera nahin hai wo
Dard khulke aansuon ki nehar mein aa gaya

***

शहर का नहीं बस तेरी नज़र का नज़ारा हूँ मैं
फ़लक से तेरे आँचल में उतरा सितारा हूँ मैं
जब तक शायरी लिखता था ज़माने का था
अब ज़िंदगी लिखता हूँ सिर्फ़ तुम्हारा हूँ मैं

Sheher ka nahi bas teri nazar ka nazara hoon mein
Falak se tere aanchal mein utra sitara hoon mein
Jab tak shayari likhta tha zamane ka tha
Ab zindagi likhta hoon bas tumhara hoon mein

……………………………………………

कान्हा रास रचायो वृंदावन
धर्म निभा द्वारिका रचाई है
राधा भी संग रहे किसी और
निज कर्तव्यों की दुहाई है
मन से जुड़े दोनो हैं ऐसे
युगल मूर्ति एक ही धाम
रिश्ते बंधन दुनिया तक हैं
सबसे ऊँची प्रेम सगाई है

Kanha raas rachayo vrindavan
Dharm nibha dwarika rachai hai
Radha bhi sang rahe kisi aur
Nij kartavyon ki duhayi hai
Mann se jude dono hain aise
Yugal moorti ek hi dhaam
Rishte bandhan duniya tak hain
Sabse oonchi prem sagai hai

***

मत कहो कि बस इतनी मोहब्बत काफ़ी है
दोनो दिल समंदर हैं ये समंदर से नाइंसाफ़ी है
सच्ची मोहब्बत ज़रिया है खुदा की इबादत का
इबादत में कोई कमी नाक़ाबिल-ए-माफ़ी है

Mat kaho ki bas itni mohabbat kaafi hai
Dono dil samandar hain ye samandar se na-insaafi hai
Sacchi mohabbat zariya hai khuda ki ibadat ka
Ibadat mein koi kami na-kabil-e-maafi hai

..................................................

इश्क़ में तालीम के अपने हैं क़ायदे
उस्ताद वही जो हमेशा शागिर्द रहे

Ishq mein taleem ke apne hai kayde
Ustad wahi jo hamesha shagird rahe

..................................................

हूँ कहीं से बिखरा सब जोड़ के सोता हूँ
मैं रोज़ तुम्हारा प्यार ओढ़ के सोता हूँ
नहीं जाना किसी और जन्नत में तेरे बिना
मैं फ़रिश्तों से किए वादे तोड़ के सोता हूँ

Hoon kahin se bikhra sab jod ke sota hoon
Main roz tumhara pyar odh ke sota hoon
Nahi jaana kisi aur jannat mein tere bina
Main farishton se kiye vaade tod ke sota hoon

***

टुकड़ों और हिस्सों का हिसाब ही गया
पैमाने से पीते पीते मयखाना पी गया
सबके जैसे मिली थी मुझे भी एक उम्र
तुम साथ आए मैं ज़िंदगी ज़्यादा जी गया

Tukdon aur hisson ka hisaab hi gaya
Paimane se peete peete meykhana pee gaya
Sabke jaisi mili thi mujhe bhi ek umr
Tum saath aaye main zindagi zyada ji gaya

***

हमारी कहानी में ये जो पिछले चंद दिनो का क़िस्सा है,
वो कहानी के अंजाम से आज़ाद अब हमारा हिस्सा है.....
हमारी इस कहानी में हम जो भी किरदार निभाएँगे,
जब सच्ची मोहब्बत की बात होगी इस क़िस्से में लौट आएँगे...
तमाम उम्र गुज़र जाती है अपनी ही रूह के हिस्से नहीं मिलते...
कहानियाँ दम तोड़ देती हैं पन्नो में ज़िंदा क़िस्से नहीं मिलते
ऐ खुदा तेरा करम हमारी कहानी को ये हसीन क़िस्सा दिया
जो दोनो में कहीं अधूरा था पूरा हुआ ऐसे अपना हिस्सा दिया
ये चार दिन तुम्हारे साथ बिताने के बाद एहसास हुआ लोग क्यों कहते हैं ज़िंदगी चार दिन की है.....

Hamari kahani mein jo pichhle chand dino ka kissa hai
Wo kahani ke anjaam se azaad ab hamara hissa hai
Hamari is kahani mein hum jo bhi kirdaar nibhaenge
Jab sacchi mohabbat ki baat hogi is kisse mein laut ayenge
Tamaam umr guzar jaati hai apni ruh ke hisse nahi milte
Kahaniyan dum tod deti hain panno mein zinda kisse nahi milte
Ae khuda tera karam hamari kahani ko haseen kissa diya
Jo dono mein kahin aadhora tha poora hua aise apna hissa diya
Yeh char din tumhare saath bitane ke baad pata chala log kyun kehte hain zindagi char din ki hai

***

## बदलना तेरे ही आईने बदलना

किरणो को सिर्फ़ आता था जलना
लहरों में भीगी तो सीखा मचलना
गिरना तेरी ही गहराइयों में गिरना
संभलना तेरे ही किनारे संभलना

रुकना तो बस वक्त भी ठहर जाना
और चलना तेरा हाथ थामे ही चलना

उठना तो पलकों के साये में उठना
और ढलना तेरे सुर्ख़ आँचल में ढलना

बनाना तो हस्ती बे-अहम ही बनाना
और पलना तेरी नर्म आग़ोश में पलना

रहना तो रूह सा सदियों ही रहना
और बदलना तेरे ही आईने बदलना

***

## Badalna Tere Hi Aaine Badalna

Kirno ko sirf aata tha jalna
Lehron mein bheegi toh seekha machalna
Girna teri hi gehraion mein girna
Aur sambhalna tere hi kinare sambhalna

Rukna to bas waqt bhi theher jaana
Aur chalna tera haath thame hi chalna

Uthna to palkon ke saaye mein uthna
Aur dhalna tere surkh aanchal mein dhalna

Banana to hasti-be-eham hi banana
Aur palna teri narm aagosh mein palna

Rehna to ruh sa sadiyon hi rehna
Aur badalna tere hi aaine badalna

***

बेहिसाब मोहब्बत लुटा के मज़े में हूँ
बेमिसाल मोहब्बत पा के नशे में हूँ

Behisaab mohabbat luta ke mazze mein hoon
Bemisal mohabbat paa ke nashe mein hoon

…………………………………………………

मैं पूरा ख़ुद को पाता हूँ जब तुझमें मैं खो जाऊँ
तू आँखों में जब जागूँ तू ख़्वाबों में जो सो जाऊँ
मेरी आमीन कर बस एक ख़्वाहिश ओ मेरे मौला
जनम जब भी मैं लूँ तझको ही पाऊँ तेरा हो जाऊँ

Main poora khud ko paata hoon jab tujhme main kho jaun
Tu aankhon mein jab jaagu tu khwabon mein jo so jaun
Meri aameen kar bas ek khwaish o mere maula
Janam jab bhi main loon tujhko hi paau tera ho jaun

***

## कुछ दिन कुछ रातें...

कुछ महके दिन
कुछ मदहोश रातें
बहुत सारा इंतज़ार
फिर कुछ मुलाक़ातें
कुछ गीत कुछ ग़ज़लें
कितनी सारी लम्बी बातें
कुछ अनमोल लम्हे
पल पल कितनी सौग़ातें
कुछ हल्के कुछ गहरे
कुछ फिसले कुछ ठहरे
कभी सम्पूर्ण समर्पण
कभी हदें कुछ पहरे
कुछ एहसास कुछ ख़याल
कितने जवाब कुछ सवाल
कितनी ख़ुशी कितनी हंसी
कितनी मस्ती कुछ मलाल
कुछ धागे खोले
कुछ आंसू बोले
कितने स्वाद चखे
कितने रस घोले
कुछ अल्फ़ाज़ कुछ तस्वीरें
कुछ अन्दाज़ कुछ लकीरें
यही अपना सरमाया है
यही तिजोरी यही जागीरें

***

## Kuchh Din Kuchh Raatein

Kuchh mehke din
Kuchh madhosh raatein
Bahut saara intezaar
Phir kuchh mulakatein
Kuchh geet kuchh ghazlein
Kitni saari lambi baatein
Kuchh anmol lamhe
Pal pal kitni saugatein
Kuchh halke kuchh gehre
Kuchh fisle kuchh thehre
Kabhi sampoorn samarpan
Kabhi hadein kuchh pehre
Kuch ehsaas kuchh khayal
Kitne jawab kuchh sawaal
Kitni khushi kitni hansi
Kitni masti kuchh malaal
Kuch dhaage khole
Kuch aansoo bole
Kitne swaad chakhe
Kitne ras ghole
Kuch alfaaz kuchh tasveerein
Kuch andaaz kuchh lakeerein
Yahi apna sarmaya
Yahi tijori yahi jageerein

***

पिघल गयी सारी परतें मुखोटे बिखर के आ गए
ख़ुद को तेरी आँखों में देखा तो निखर के आ गए

Pighal gayi saari partein mukhote bikhar ke aa gaye
Khud ko teri aankhon mein dekha to nikhar ke aa gaye

.....................................................

कदाचित मुझे कभी वर मत समझना
परंतु प्रिये केवल नर मत समझना
तुम्हारी निर्लिंग आत्मा का युगल गीत हूँ
मुझे अल्पजीवी ऋतुस्वर मत समझना

Kadachit mujhe kabhi var mat samajhna
Parantu priye kewal nar mat samajhna
Tumhari nirling aatma ka yugal geet hoon
Mujhe alpjeevi rituswar mat samajhna

.....................................................

मुझे कुछ अलग तरह से प्यार करना है
तुम्हें तुम्हारी ही धुन पे सवार करना है
मैं चाव नहीं नाव बनके आई हूँ
तुम्हें पूरा नहीं पर उस पार करना है

Mujhe kuchh alag tarah se pyar karna hai
Tumhe tumhari hi dhun pe sawaar karna hai
Main chaav nahi naav bann ke aayi hoon
Tumhe poora nahi bas uss paar karna hai

***

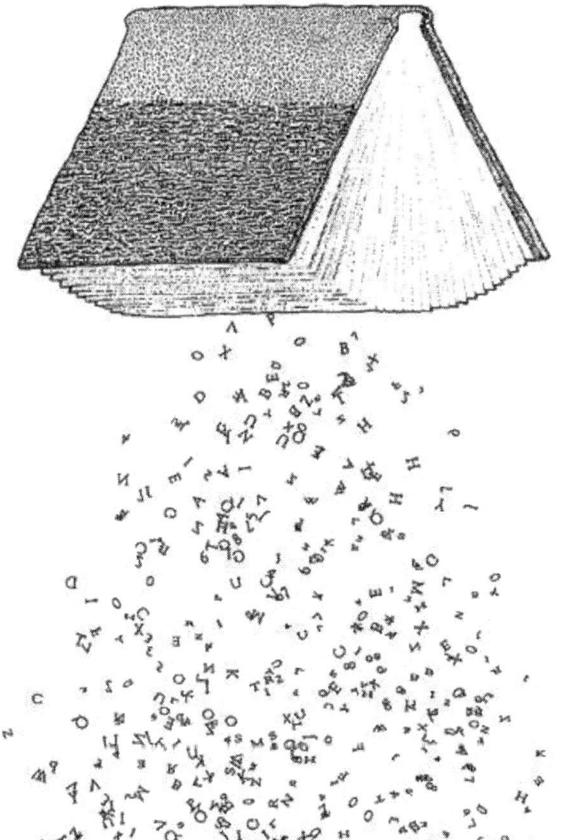

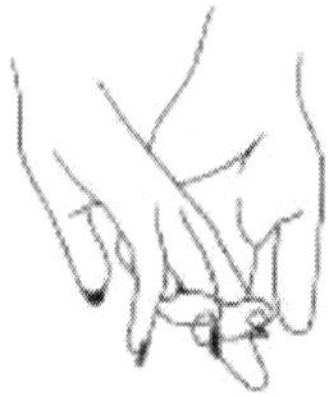

## ये जो तेरा मेरा लगाव है

ये जो तेरा मेरा लगाव है
अजब सा झुकाव है
ग़ज़ब सा बहाव है
शायद तेरा बर्ताव है
शायद मेरा स्वभाव है
या दोनो का प्रभाव है
मुश्किल ये चुनाव है
इसलिए मेरा ये सुझाव है
ये जो तेरा मेरा लगाव है
गहरे पानी में ये नाव है
इसकी पहचान ही बहाव है
ठहराव में अभाव है
बहते रहने भी एक पड़ाव है
ये जो तेरा मेरा लगाव है
अजब सा झुकाव है.....

***

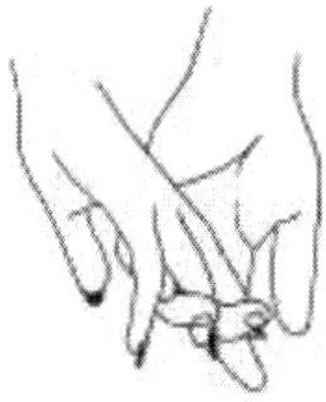

## Ye Jo Tera Mera Lagaav Hai

Ye jo tera mera lagaav hai
Ajab sa jhukaav hai
Gazab sa bahaav hai
Shayad tera bartaav hai
Shayad mera swabhaav hai
Ya dono ka prabhaav hai
Mushkil ye chunaav hai
Isliye mera ye sujhaav hai
Ye jo tera mera lagaav hai
Gehre paani mein ye naav hai
Iski pehchaan hi bahaav hai
Thehraav mein abhaav hai
Behte rehna bhi ik padaav hai
Ye jo tera mera lagaav hai
Ajab sa jhukaav hai

***

अपनी वसीयत कहना चाहता हूँ
घर नहीं सफ़र में रहना चाहता हूँ
तू नदी है समंदर तेरी मंज़िल
मिट्टी हूँ तेरे साथ बहना चाहता हूँ

Apni wasiyat kehna chaahta hoon
Ghar nahi safar mein rehna chaahta hoon
Tu nadi hai samandar teri manzil
Mitti hoon tere saath behna chaahta hoon

***

## ढूँढ रहा था इक कविता मैं

ढूँढ रहा था इक कविता मैं
नज़र मुझे जब आई तुम
लगा कलम अब ख़ूब चलेगी
ऐसी मन पर छाई तुम
ढूँढ रहा था...

इस यात्रा में संग चलो अब
तुमको तुमसे मिलवाऊँगा
करने लगोगी प्रेम स्वयं से
दर्पण ऐसा दिखलाऊँगा
अस्तित्व तुम्हारा केवल कुछ क्षण
सौंप दो मेरे लेखन को
आत्म समर्पण करती वर को
बन जाओ नई ब्याही तुम
ढूँढ रहा था इक कविता मैं
नज़र मुझे जब आई तुम...

भेड़ों के इस अनंत झुंड में
तुम हिरणी जैसी लगती हो
घोर अंधकार है चारों ओर
तुम दीपक जैसी जगती हो
बीहड़ वीराने जंगल में
तुम प्राण वायु हो प्राण प्रिये
मीलों बंजर धरती पर
तुम देवी अमृत धार लिए
कर्ण बधिर थे और मूक अधर
पागल करता सन्नाटा था

## Dhoond Raha Tha Ik Kavita Main

Dhood raha tha ik kavita main
Nazar mujhe jab aai tum
Laga kalam ab khoob chalegi
Aise mann par chhaai tum
Dhoond raha tha ik kavita main...
Nazar mujhe jab aai tum...

Iss yatra mein sang chalo ab
Tumko tumse milvaunga
Karne lagogi prem swayam se
Darpan aisa dikhlaunga
Astitv tumhara kewal kuchh kshann
Saunp do mere lekhan ko
Aatm samarpan karti var ko
Bann jao nayi byahi tum
Dhoond raha tha ik kavita main
Nazar mujhe jab aai tum...

Bhedon ke is anant jhund mein
Tum hirni jaisi lagti ho
Ghor andhakaar hai charon ore
Tum deepak jaisi jagti ho
Beehad veraane jungle mein
Tum praan vayun ho praan priye
Meelon banjar dharti par
Tum devi amrit dhaar liye
Karn badhir the aur mook adhar
Paagal karta sannata tha

सात सुरों का संगम बनकर
मधुर गीत ले आई तुम

ढूँढ रहा था इक कविता मैं
नज़र मुझे जब आई तुम...

मोहपाश में बाँध रही हो
वशीकरण का मंत्र चलाकर
मूर्त रूप हो आकर्षण का
बना रूप रस गंध मिलाकर
कामनाओं को कम्पन देती
देखो जब तुम नज़र बचाकर
आँखों से आलिंगन देती
देखो जब तुम नज़र उठाकर
सर्व कला सम्पूर्ण मोहिनी
नारी की परिभाषा हो
स्वयं नारीत्व को धारण कर
ले साक्षात रूप में आई तुम
ढूँढ रहा था इक कविता मैं
नज़र मुझे जब आई तुम...

तुम कविता हो या कविता में तुम हो
आजन्म संगिनी या केवल सम्मोहन हो
स्वर्ण मृग हो या हो मृग तृष्णा
निर्णय कठिन पर तुमको करना
मैं लेखक हूँ मैं भावुक हूँ
भावना प्रधान प्रेरणा बंधक हूँ
असमंजस है गहरा
कलम मौन प्रतीक्षा करती है
अब निर्णय हो तुम मेरी हो

Saat suron ka sangam bankar
Madhur geet le aayi tum
Dhoond raha tha ik kavita main
Nazar mujhe jab aai tum...

Mohpaash mein baandh rahi ho
Vashikaran ka mantr chalakar
Moort roop ho aakarshan ka
Bana roop ras gandh milakar
Kamnaon ko kampan deti
Dekho jab tum nazar bachakar
Aankhon se aalingan deti
Dekho jab tum nazar uthakar
Sarv kala sampoorn mohini
Naari ki paribhasha ho
Swayam naaritv ko dhaaran kar
Le saakshat roop mein aayi tum
Dhoond raha tha ik kavita mein
Nazar mujhe jab ai tum...

Tum kavita ho ya kavita mein tum ho
Aajanm sangini ya kewal sammohan ho
Swarn mrig ho ya ho mrig trishna
Nirnay kathin par tumko karna
Main lekhak hoon main bhavuk hoon
Bhavna pradhan prerna bandhak hoon
Asmanjas hai gehra
Kalam maun pratiksha karti hai
Ab nirnay ho tum meri ho

या थी सदा परायी तुम
ढूँढ रहा था इक कविता मैं
नज़र मुझे जब आई तुम...

धीरे से कुछ तुमने कहा है
सत्य लिखूँगा जो सुना है
कल कल बहती नदी हूँ मैं
झर झर बहता तुम हो झरना
दोनो की अपनी मर्यादा
अलग अलग है बहते रहना
फिर भी अटूट सम्बंध है प्रियतम
नदी या झरना बेमानी है
रूप भिन्न पर एक है आत्मा
बस निर्मल बहता पानी है

धन्य हो देवी आभारी हूँ
नमन तुम्हें करता हूँ
प्रत्येक पंक्ति को भेंट रूप में
तुम्हें समर्पित करता हूँ
आरम्भ प्रेरणा मध्य प्रियसी
अंत साधना यात्रा का
परमपिता का आशीष बनकर
मेरी कविता में चली आई तुम
ढूँढ रहा था इक कविता मैं
नज़र मुझे जब आई तुम.....

***

Ya thi sada parayi tum
Dhoond raha tha ik kavita main
Nazar mujhe jab aai tum...

Dheere se kuchh tumne kaha hai
Satya likhunga jo suna hai
Kal kal behta nadi hoon main
Jhar jhar behte tum ho jharna
Dono ki apni maryada
Alag alag hai behate rehna
Phir bhi atoot sambandh hai priyatam
Nadi ya jharna bemaani hai
Roop bhinn par ek hai atma
Bas nirmal behta paani hai

Dhanye ho devi aabhari hoon
Naman tumhe karta hoon
Pratyek pankti ko bhent roop mein
Tumhe samarpit karta hoon
Aarambh prerna madhay priyasi
Anth sadhana yatra ka
Parampita ka aashish bankar
Meri kavita mein chali aayi tum
Dhoond raha tha ik kavita main
Nazar mujhe jab aai tum...

***